어머니의 연인 *Der Geliebte der Mutter*

Der Geliebte der Mutter
Urs Widmer

Copyright ⓒ 2000 by Diogenes Verlag AG Zürich
Korean Translation Copyright ⓒ 2009 by Moonji Publishing Co., Ltd.
All Rights Reserved.

This Korean edition was published by arrangement with Diogenes Verlag AG Zürich
through Shin Won Agency Co.

이 책의 한국어판 저작권은 신원 에이전시를 통해 Diogenes Verlag AG Zürich와
독점 계약한 ㈜**문학과지성사**에 있습니다.
저작권법에 의해 보호받는 저작물이므로 무단 전재 및 복제를 금합니다.

어머니의 연인

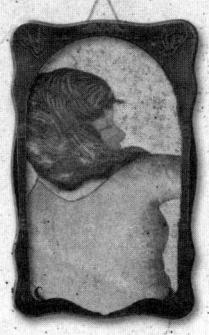

우르스 비트머 지음 | 이노은 옮김

문학과지성사
2009

우르스 비트머 Urs Widmer

1938년 스위스 바젤에서 태어났다. 바젤 대학에서 독일 현대문학에 대한 논문으로 박사학위를 취득한 뒤 스위스 발터 출판사와 독일 주어캄프 출판사 등에서 편집자로 일했다. 1968년 소설 『알로이스 Alois』로 데뷔한 이래, 날카로운 사회 비판과 정치성을 담고 있는 작품들을 꾸준히 발표했다. 대표작으로는 『나비목 학회 Der Kongreß der Paläolepidopterologen』(1989), 『푸른 사이펀 Der blaue Siphon』(1992), 『아버지의 책 Das Buch des Vaters』(2004), 『난쟁이로서의 삶 Ein Leben als Zwerg』(2006) 등의 소설과 『정상의 개들 Top Dogs』(1996) 등의 희곡이 있다. 프리드리히 뒤렌마트와 막스 프리쉬의 계보를 잇는 스위스의 대표 작가로서 명성을 얻고 있는 그는 이제까지 베르톨트 브레히트 문학상, 실러 재단 상 등 수많은 문학상을 수상하였으며, 그의 작품들은 30개 이상의 언어로 번역되어 전 세계 많은 독자들의 애정과 관심을 받고 있다.

옮긴이 이노은

서울대학교 독어독문학과와 같은 과 대학원을 졸업하고 독일 킬 대학에서 「테오도르 슈토름의 초기 노벨레에 나타난 기억과 서술과정」에 대한 연구로 박사학위를 받았다. 지은 책으로는 『통일독일을 말한다 1·2』(공저)가, 옮긴 책으로는 헤르만 헤세의 『크눌프』『피해의식의 심리학』『문학과 문화학·문화학적 실천을 위한 입장, 이론, 모델』(공역) 등이 있다. 현재 인천대학교 독어독문학과 교수로 재직 중이다.

어머니의 연인

펴낸날 2009년 6월 24일

지은이 우르스 비트머
옮긴이 이노은
펴낸이 홍정선 김수영
펴낸곳 ㈜**문학과지성사**
등록번호 제10-918호(1993. 12. 16)
주소 121-840 서울 마포구 서교동 395-2
전화 02) 338-7224
팩스 02) 323-4180(편집), 02) 338-7221(영업)
전자우편 moonji@moonji.com
홈페이지 www.moonji.com

ISBN 978-89-320-1967-3

차례

어머니의 연인　7

옮긴이 주　166

옮긴이의 말　어머니의 열정 앞에 바치는 레퀴엠　171

오늘 내 어머니의 연인이 죽었다. 그는 고령이었지만, 죽는 순간까지도 아주 건강했다. 그는 입식 보면대 위로 몸을 굽히면서 「모차르트 교향곡 G단조」의 악보를 넘기다가 쓰러졌다. 사람들이 그를 발견했을 때 이미 고인이 된 그의 손에는 찢긴 악보 조각이 들려 있었다. 느린 악장이 시작되는 부분의 호른 연주부였다. 언젠가 그는 내 어머니에게 이 「교향곡 G단조」가 이제까지 작곡된 음악작품 중에서 최고라고 말했었다.— 다른 사람들이 책을 읽듯이 그는 언제나 악보를 읽곤 했다. 자신의 손에 잡히는 악보라면 아주 오래된 것이든 수준 낮은 것이든 가리지 않고 읽었다. 하지만 그가 특별한 관심을 갖고 찾아 헤맨 것은 현대음악이었다. 노년에 이르러서야, 그러니까 90세쯤 되었을 때에야, 저물어가는 인생의 햇빛으로 이미 익숙해진 것들을 조명해보고 싶다는, 이제는 그것들을 다른 방식으로 다시 한 번 경험해보고 싶다는 욕구가 그를 사로잡았다. 그래서 그는 과거 자신이 청년이었을 때 이글거리는 두 눈으로 탐독했던 「돈 조반니」[1]와 「천지창조」[2]를 다시 읽었다.— 그는 음악가, 정확히 말해서 지휘자였다. 그는 죽기 사흘 전에 시립 연주회장에서 지휘자로서의 마지막 연주회에 섰다. 죄르지 리게티,[3] 버르토크,[4] 콘라트 베크[5]의 곡이 연주되었다.— 어머니는 평생 그를 사랑했다. 그는 그 사실을 눈치 채지 못했고, 다른 누구도 그 사실을 몰랐다. 어느 누구도 그녀의 열정에 대해 알지 못했으며, 그녀 또한 단 한 번도 그 사실을 입에 담지 않았다. 하지만 그녀는 자기 아이의 손을 잡고 호숫가에 혼자 서 있을 때면 "에트빈!" 하고 속삭였다. 사방에서 오리들이 꽥꽥거리는 가운데, 그녀는 자신의 몸을 그늘 아래 감추고 햇빛 속에서 빛나는 맞은편 호숫가를 바라보았다. 그러고는 "에트빈" 하고 불렀다. 그 지휘자의 이름이 에트빈이었다.

그는 뛰어난 지휘자였다. 또한 그는 사망 당시 전국에서 가장 부유한 사람이기도 했다. 그는 그 누구보다도 값비싼 악보들을 수집하여 소장하고 있었다. 그가 죽으면서 찢어버린 악보도 원본이었다. 그는 어느 복합기업의 주식 절반을 소유하고 있었다. 이 기업은 예전부터 중점 사업으로 기계를 생산해왔다. 그 외에 기차, 선박과 함께 직조기와 터빈도 만들고, 최근에는 레이저수술을 위한 초정밀기구까지도 생산한다. 또한 인조 관절, 그리고 혈관을 통해 심장까지 보내질 수 있고, 그 사이에서 발견한 모든 것을 외부의 모니터로 전송하는 미니카메라도 생산한다. 이전부터 본사 건물이 위치해온 곳은 항상 그늘에 놓여 있는, 호숫가의 덜 아름다운 쪽이었다. 반면에 에트빈은 호수 건너편의 해가 비치는 쪽에 살고 있었다. 그가 살고 있는 농장엔 30 혹은 50칸의 방이 딸려 있었고, 말 사육장과 개 사육장이 있었으며, 손님들과 하인들의 거처가 자리 잡은 공원도 속해 있었다. 그곳엔 중국산 서양잣나무와 세쿼이어나무가 높이 자라 하늘을 찌를 듯한 광맥을 이루고 있어서 에트빈은 그 그늘 아래를 산책하며 다음번 연주회를 위한 곡들을 암기하곤 했다. 그는 로열 앨버트 홀[6]이나 글라인드본 오페라 축제[7] 같은 곳에서 지휘를 했다. 그는 자신의 연주회에 대해 아주 높은 사례비를 요구했다. 그것은 그가 더 많은 돈을 원해서가 아니라, 자신을 브루노 발터,[8] 오토 클램퍼러[9]와 대등하게 여기기 때문이었다. 그는 그들과 똑같은 수준의 사례비를 요구했고, 그것을 받아냈다.

그는 젊었을 때는 지독하게 가난했다. 당시 그는 공단지역 숙소의 가구 딸린 방에 살고 있었으며, 야망과 아직 깨어나지 못한 재능으로 불타오르고 있었다. 그는 머릿속에서 섬광이 번쩍이는 것을 느끼며 방 안을 이리저리 거닐다가 세면대와 의자에 부딪혀도 깨닫지 못했다. 그는 도무지 붙잡히지 않는 자기 머릿속의 거친 음악을 뒤쫓고 있었다. 때로는 얼음처럼 차가운 물을 뒤집어 써보기도 했다. 주머니마다 악보 용지를 넣어 가지고 다녔고, 마치 행군에 나서기라도 한 듯 급한 걸음으로 산책을 하며 떠오르는 악상을 기록했다. 사실 그는 악보를 제대로 그릴 줄 몰랐다. 피아노 솜씨는 더 형편없었다. 하지만 그는 음악 속에서, 음악을 위해 살았다. 당시의 정기연주회 입장권 가격은 오늘날에 못지않게 굉장히 비쌌기 때문에 그는 중간 휴식 시간에 입장하곤 했다. 그때쯤이면 더 이상 표 검사도 하지 않았고, 몸이 피곤한 음악 애호가들은 이미 귀가하고 난 후였기 때문이다. 그는 그들이 떠난 자리를 차지하고 앉아 옆좌석 사람들의 멸시하는 시선을 견뎌냈다. 이런 방법으로 그는 적어도 음악회의 뒷부분은 다 들었다. 어차피 매번 브람스, 베토벤, 브루크너[10]의 곡들이었다. 대입자격시험을 치르지 않았기 때문에 그는 음악학교에 갈 수 없었다. 그래서 그는 그 지방의 작곡가에게 개인 레슨을 받았다. 에트빈이 자신의 곤궁한 사정을 말하자 그 작곡가는 수업료를 받지 않기로 했다. 그 대신 그의 수업은 매우 불규칙했다. 사실을 말하자면 그는 술꾼이었다. 또한 그는 리하르트 바그너[11]와 리하르트 슈트라우스[12]의 열렬한 애호가였다, 아니 리하르트Richard라는 이름을 가진 사람 모두를 애호했다. 그래서 프랑수아 리샤르François Richard도 필요 이상으로 과도하게 좋아했으며, 그의「그대 앞에 흐르는 시내」를 거의 매 수업 시간마다 불렀다. 원곡이 부드러운 현악 연주를 요구하고 있음에도 불구하고, 그는 피아노를 힘차게 두드리며 반주를 했다.— 훗날, 먼 훗날 에트빈은 어느 경매 시장에서 그 원본을 구입할 뻔했다. 처음엔 망설이며 경매에 참여했지만, 나중엔 땀을 뻘뻘 흘리고 있는 어느 뚱뚱한 남자에게 양보했다. 그는 J. 폴 게티 고대음악재단 측 인사였다.— 그는 제수알도[13]의 작품을 재창조했고, 모차르트의 기적에 전율했고, 슈베르트의 긴 음악을 견뎌냈다. 얼마 후엔 자신의 첫번째 작품인 2악장짜리 교향곡을 작곡하기도 했다. 지방 작곡가는 고개를 가로저으며 그 작품을 읽었다. 초기의 작곡 열기가 가라앉고 난 후엔 피아노 연주를 배웠다. (지방 작곡가는 아주 노련한 피아노 교사였다.) 하지만 그는 연습을 할 수 없었다. 피아노가 없는데 어떻게 연습을 하겠는가. 그저 작곡가가 술에 취해 옆방에서 잠들어 있을 때나 겨우 연습이 가능했다. 그리하여 그는 느린 박자의 악장조차도 너무 빠르다고 생각하는 연주자 수준에 머무르게 됐다. 절망적이게도 어느 날 지방 작곡가는 그에게 지휘법을 보여줬다. 아우프탁트[14] 동작을 제대로 하는 법, 또는 리타르단도[15]를 이끌어내는 법과 같은 것들이었다. 그는 모든 종류의 박자를 지휘할 줄 알았다. 그는 술에 취해 있음에도 불구하고 아무런 문제 없이 왼손으로는 9분의 6박자를, 오른손으로는 8분의 5박자를 지휘했다. 아니 어쩌면 그것은 그가 술에 취해 있기 때문에 가능한 일이었는지도 모른다. 에트빈은 자신이 거의 즉시 그 모든 것을 따라 할 수 있다는 것을 알게 됐다. 이 사실에 그 자신도 놀라고 그의 스승도 놀랐다. 그는 지휘가 자신의 천직이라는 사실을 바로 깨달았다. 그는 요한 제바스티안 바흐, 하이든 그리고 멘델스존의 모든 작품들을 지휘해봤다. 지방 작곡가가 피아노를 연주하며 교향악단 역할을 해줬다. 나중에는 드뷔시의 작품까지도 모두 지휘했다. 「펠레아스와 멜리장드」[16] 연주는 너무나 강렬했던 나머지, 훗날 실제로 교향악단과 그 곡을 연주하게 되었을 때 자신이 상상했던 것과 같은 멋진 소리가 전혀 나지 않는 것을 알고 그는 깊은 슬픔을 느꼈다. 어느 환한 여름날 아침 스승은 그에게 자신에게서(!) 더는 배울 것이 없노라고 말했다. 그는 스승을 포옹했다. 에트빈은 떠났다. 그는 더 이상 뒤를 돌아보지 않았기 때문에, 지방 작곡가가 그에게 작별 인사를 하기 위해 한 손을 들어 올린 채 다른 한 손에는 술병을 들고 창가에 서 있는 모습을 보지 못했다.— 그는 혼자서 휘파람을 불었다. 여전히 작곡을 할 줄도 몰랐고, 피아노 실력도 형편없었지만, 총보를 읽으면 그 음악이 들렸고, 이제는 지휘하는 법도 알았다.— 그동안 수업료는 전혀 들지 않았고, 생활비는 도급 계약으로 창의 덧문을 페인트칠하고 비어 가든에서 서빙을 하고 중앙우체국에서 편지를 분류하며 벌었다.

에트빈은 가난했지만, 나의 어머니는 부유했다. 처음에는 그랬다. 나중에야 상황이 역전되었다. 이제 에트빈은 돈더미 속에서 헤엄쳤고, 여차하면 부서질 바위 꼴이 된 어머니는 자신이 빈민구호시설에서 생을 마감하게 될지도 모른다는 두려움을 토로하곤 했다.— 젊은 시절 빛나는 미모의 소유자였던 어머니는 마치 꿈속에서처럼 바람에 나부끼며 등장했었다. 그녀는 늘씬한 다리에 하이힐을 신고, 진지한 모습이었으며, 검은 두 눈, 도톰한 입술에 어깨에는 모피를 두르고 자동차 바퀴만큼이나 커다란 모자를 쓰고 있었다. 모자 아래로는 곱슬거리는 머리카락이 비어져 나왔다. 깃털 장식도 달려 있었다. 그녀 곁에서는 애완용 그레이하운드가 뛰어다녔다.— 그녀의 어머니는 그녀가 어린아이였을 때 이미 세상을 떠났기 때문에, 정기연주회 때면 그녀는 어머니 대신 아버지 옆좌석에 앉았다. 마치 죽은 사람들처럼 자리를 지키고 앉은 대부분의 노쇠한 정기권 소유자들 사이에서 그녀는 압도적으로 젊었다. 그녀의 아버지 역시 그다지 생기 있어 보이지 않았다. 연주회가 시작되고 나면 곧 그녀는 크게 소리를 지르고 싶은 충동을 느끼곤 했다. 죽은 사람들을 깨우고 싶었다.— 그녀의 아버지는 노년의 베르디와 닮아서, 입술이 두툼한 베르디 같은 모습이었고 실제로도 「라 트라비아타」를 다른 어떤 작품보다도 좋아했다. 그는 훗날 에트빈의 소유가 된 저 기계회사의 부사장이었다. 사실 그게 그렇게 오랜 후의 일도 아니었다! 그 당시 에트빈은 나의 어머니에게 말을 걸 엄두조차 내지 못했을 것이다. 만일 그가 용기를 냈다고 할지라도 어머니는 그를 안중에 두지도 않았을 것이고 그의 존재조차 곧바로 잊어버렸을 것이다. 그 당시엔 말이다.— 때때로 그녀는 허름한 옷차림의 젊은이가 연주회의 휴식 시간이 끝난 후 1층 관람석에서 당황스러워하면서도 집요하게 빈자리를 찾는 모습을 내려다보곤 했다. 그에 대해 더 이상의 생각은 하지 않았다.

한번은 그녀가 대여섯 살 쯤 되었을 때 복도에서 인형을 가지고 놀았던 적이 있다. 인형들에게 예의범절을 가르치고 있던 중이었다. 그때 서재의 문이 열리더니 아버지의 모습이 보였다. 두 눈은 이글거리고 있었고 입술은 일자 모양으로 꽉 다문 채 수염은 삽처럼 보였다. 아버지는 수염으로 방 안쪽을 가리켰다. 어린 어머니는 떨면서 안으로 들어가 맨발이 푹 잠기는 양탄자 위, 철제 책상 앞에 섰다. 아버지는 창문을 가로막은 채 책상 뒤편에 거대한 모습으로 서 있었다. 사방엔 어두운 빛깔의 책들이 꽂혀 있었고, 유리구슬로 술이 장식된 램프가 희미한 빛을 발하고 있었다. 제우스인지 아폴론인지 그리스신의 대리석상과 시험관들이 보였고, 테라륨 속에서 전갈과 십자 무늬 거미가 기어다니는 것이 보였다. 아버지는 그 자리에 선 채 아무 말도 하지 않고 그녀를 바라보고 바라보고 또 바라보고 있을 뿐이었다. 그러다가 마침내 입을 벌리지도 않은 채로 이렇게 말했다. "아무도 널 원하지 않아! 단 한 사람도! 그건 네 기질 때문이야!" 아버지는 버럭 소리를 질렀다. "네 방으로 가버려!" 아버지는 소리 질렀다. "내 눈앞에서 꺼지란 말이다!"—그는 자신의 부인과 함께 밀라노로 여행을 갈 계획이었다. 근사한 호텔에서 맛있는 음식을 먹고 고급 와인을 마신 후, 스칼라 극장[17]에서 「라 트라비아타」를 보거나, 아니면 적어도 「라 토스카」 정도는 볼 생각이었다. 그런데 어린 어머니를 며칠간 돌봐주겠다는 사람이 아무도 없었다. 이모들, 사촌들, 대모들, 친구들, 그 누구도 나서지 않았다. "그 애 말야? 절대 안 돼!" 정말 급한 경우에나 부탁을 하게 되는 알마조차도 그녀를 돌봐주고 싶은 마음이 없다고 했다. 그녀의 기질 때문이었다. 부모님은 집에 남아 있었다.—나의 어머니는 자신의 방으로 갔다. 눈물도 흘리지 않고 창가에 선 채로 자신의 기질이 어떤 것이기에 아버지와 어머니조차도 자신을 원하지 않는 것인지 묻고 또 물었다.—훗날에도 그녀는 눈물을 흘리지 않았다. 그녀의 눈은 너무나 건조해서 아픔이 느껴질 정도였다.

한때 그녀가 여섯 살일 때와 여덟 살일 때 음식을 다 먹고 싶지 않았던 적이 있었다. 시금치, 양배추 등을 넣어 만든 건강에 좋다는 끈적끈적한 밀가루죽. 그것은 하녀가 요리한 요구르트였다! 가끔은 어머니가 직접 만들기도 했다. 아버지는 그녀에게 마지막 한입까지 다 먹어치울 것을 명령했다. 사흘이 걸리든, 1년이 걸리든 다 먹어치우라는 것이었다. 그녀는 여러 번 요구르트를 앞에 놓은 채 자신의 방에 혼자 앉아 있었다. 위벽이 딱딱해져서 한입도 받아들이지 못했다.

그다음 식사 때면 아버지는 그녀에게 단 한 번의 시선도 돌리지 않고, 굳은 자세로 자신의 스테이크를 먹어치웠다. 그녀 앞에는 여전히 절반쯤 비운 요구르트가 놓여 있었다. 곰팡이를 먹는다고 해서 아이들이 죽는 것은 아니었다.—딱 한 번 그녀가 요구르트를 꽃병 속에 몰래 버리려고 한 적이 있었다. 아버지는 귀신같이 그 안에 손을 집어넣더니, 요구르트가 묻은 검지를 보이고는 아무 말 없이 냅킨에 손가락을 닦았다. 곧바로 새 요구르트가 그녀에게 주어졌다.—그녀는 유치원에 갔고, 그 후에는 학교에 다녔다. 학교가 끝난 후 15분 안에 돌아오지 않으면 아버지는 문을 잠가버렸다. 그러면 그녀는 문 앞에 서서 아버지가 문에 달린 작은 창을 열 때까지 벨을 누르고 소리를 질렀다. 사각의 격자창 뒤에 선 아버지는 간수처럼 보였다. 어떤 이유에서인지 그는 감옥 안에 있고, 죄수는 바깥에서 들어가게 해달라고 애원하고 있는 형국이었다. 그는 나지막하고도 또렷한 목소리로 그녀가 너무 늦게 왔기 때문에 문이 다시 열릴 때까지 기다려야 한다고 말했다. 문이 언젠가는 열리겠지만 어쨌든 지금은 아니라고 했다. 그것은 그녀의 기질 때문이라고 했다.—한번은 그녀가 정해진 시간에 딱 맞추어 도착했던 적이 있었다, 아니 사실은 그녀가 늦었다. 분명 1분은 늦었다. 그녀가 이미 집 앞의 정원을 통과해서 달려오고 있는데도 아버지는 문을 잠가버렸다. 늦은 건 늦은 것이니까. 그녀는 문 앞의 계단에 앉아 다람쥐 한 마리가 소나무 가지 위로 이리저리 뛰어다니는 모습을 지켜보았다. 그녀의 기질, 그녀의 기질, 그녀의 기질이라는 게 무엇이었을까?

어쩌면 그녀의 기질이라는 건, 그녀가 종종 시선을 내면으로 향한 채, 두 주먹을 불끈 쥐고 머릿속의 고열을 느끼면서 방 한구석에 굳어진 채로 서 있는 것을 말하는 것인지도 몰랐다. 그럴 때의 그녀는 숨도 거의 쉬지 않았고, 가끔 신음 소리만 내뱉었다. 그녀의 내부에서는 모든 것이 부글부글 끓고 있었지만, 바깥을 향해서는 죽어 있는 살갗일 뿐이었다. 듣지도 못하고 보지도 못했다. 마치 나뭇조각이나 관처럼 들어 올려 밖으로 내다버려도 그녀는 알아채지 못할 것이었다. 하지만 그렇게 열에 들뜬 채 굳어 있을 때 누군가 갑자기 그녀를 발견하기라도 했다면 그녀는 수치심 때문에 죽어버렸을 것이다. 놀람과 죄의식이 그녀를 죽게 했을 것이다. 그래서 그녀는 어디선가 문이 열리지나 않나 하고 집 안의 모든 소음에 귀를 기울였으며, 복도의 발소리, 모든 종류의 부스럭거리는 소리와 삐거덕거리는 소리에 신경을 집중했다. 하지만 어느 누구도 그녀의 비밀을 알아채지는 못했다고 그녀는 확신하고 있었다. (실제로는 차마 그녀를 깨울 엄두를 못 내고 있는 자신의 부모를 그녀가 초점 없는 눈으로 노려보았던 일이 몇 번 있었다.) 그럴 때 그녀의 내부에서는 충만한 광채와 빛의 세계가 펼쳐졌다. 그 세계엔 숲과 밭, 그리고 먼 곳으로 인도하는 길이 있었다. 나비와 개똥벌레가 있었다. 먼

옛날의 기사들이 보였다. 그녀 또한 자신의 내면으로 들어가, 자신이 껑충껑충 뛰기도 하고, 칼을 사방으로 휘두르며 환호하는 모습을 보았다. 그녀는 황홀한 드레스에 리본을 두르고 하얀 신발을 신고 있었으며, 수레국화로 풍성하게 장식한 밀짚모자를 쓰고 있었다. 모든 사람들이 그녀를 사랑했다. 그러니까 그녀는 모든 이들의 연인이었다. 그녀가 여왕이었던 적은 드물었다, 아니 오히려 그녀는 그 누구보다도 겸손해서 자신의 모든 재산을 가장 가난한 사람들에게 나누어 주었다. 자신을 위해서는 꼭 필요한 것들만을 남겨 두었는데, 예를 들면 그녀의 포니와 기둥 침대 같은 것들이었다. 종종 그녀는 어려움에 처한 사람들과 함께 울기도 했다. 저 세계에서는 그녀가 울 수 있었던 것이다. 그녀는 그들을 위로했는데, 그녀에겐 아주 뛰어난 위로의 능력이 있었다. 모든 사람들이 언제나 그녀를 찾았다. 그녀 주위엔 정말로 사람들이 몰려들곤 했다. 사람들은 애원하듯이 두 팔을 앞으로 내밀며 그녀의 이름을 불렀다. 하지만 그녀는 마술을 통해 그곳에서 벗어나는 법도 알았다. 그렇게 그녀는 완전히 혼자가 되어 물 위를 걷거나 날 수도 있었다. 그녀가 별들 가까이로 날아가 그들을 부르면, 별들은 웃음으로 화답했다. 하느님, 하느님과는 교류가 없었다. 하지만 가끔 어린 예수가 함께 길을 걸으며 세계의 미래와 관련하여 그녀의 조언을 구했다. 그래서 그녀는 때때로 엄격한 심판자의 역할도 해야 했다. 그녀는 교회처럼 생긴 홀의 2층석에 섰다. 홀은 검은 옷을 입은 남자들로 가득 차 있었는데, 그들은 악한 짓을 행했거나 계획했던 자들이었다. 그녀가 해야 할 일은 그들을 끓는 기름 속에 집어넣는 것이었다. 그들의 머리를 베거나 그들을 탑에서 밀어 떨어뜨리는 일도 피할 수 없었다. 그들이 그녀의 용서를 얻기 위해 무릎을 꿇고 두 손을 싹싹 빌며 애원해봐야 아무 소용이 없었다. 그녀는 공정함을 잃지 않았고, 엄지손가락으로 아래쪽을 가리켰다.— 그러다가 무엇인가로 인해 그녀는 깨어나곤 했다. 그것은 거리에서 개가 짖는 소리 때문일 때도 있었고, (조심스럽게 그 자리를 떠나는 부모님으로 인해) 마루가 삐걱대는 소리 때문일 때도 있었다. 그러면 그녀는 소스라치게 놀라 몸을 세우고 당황한 모습으로 주위를 돌아보며 자신의 일곱 가지 감각을 되찾았다. — 그리고 나서 저녁 식사를 할 때면 엄마는 두 눈을 크게 뜬 채 그녀를 바라봤다. 무슨 일이 있었던 것일까? 왜 아버지는 이상하다는 듯이 그녀를 바라보는 것일까?

아버지 또한 처음부터 고대신들의 두상과 페르시아 양탄자에 둘러싸여 살았던 것은 아니었다. 오히려 정반대로 그가 태어난 곳은 도모도솔라[18] 근처의 가구도 없는 돌집이었다. 아버지는 태어날 때부터 잣나무 빛깔의 피부에, 철 수세미 같은 머리카락과 저 두툼한 입술을 갖고 있었다. 아버지는 열두 형제 중의 막내로 태어났는데, 모두들 곱슬머리였고 입술은 두툼했다. 아버지의 세례명은 울티모였다. 신에게 이제 제발 끝내달라고 간청하는 부모의 심정이 담긴 이름이었다. (열두 아이 중 장성한 것은 다섯 명뿐이었다.) 그는 신발도 없이 숲으로 밤을 주우러 다녔고 토끼에게 풀을 먹였다. 바위 아래 처박혀 있는 그의 집은 창문도 없이 천장이 둥글게 생긴 방 하나로 이루어져 있었다. 겨울엔 안이 깊고 넓은 벽난로 안에 불을 피웠지만, 방 안의 공기는 거의 덥혀지지 않았다. 반면에 여름엔 밖에서 태양이 이글거려도 방 안이 선선했다. 일곱 명의 아들들은 모두 아버지를 도왔다. 울티모만은 돕지 않아도 되었다. 일꾼이 여덟 명씩이나 필요하지는 않은 데다가, 그렇게 작은 일꾼은 쓸모도 없었으니까. 울티모는 집에 남아 있어야만 했다. 그는 아버지와 형들이 무슨 일을 하는지 자세히는 몰랐다. 아무튼 그들의 모험이 잡종 나귀, 썰매, 마차와 상관이 있는 것 같기는 했다. 그래서 그는 아버지와 형들이 일종의 의적과 같은 사람들이며, 산 너머에 사는 사악한 지주들의 성을 공격해서 탈취한 물건들을 가난한 사람들에게 나누어 주는 것이라고 생각했다. 아, 그가 얼마나 그 일을 같이 하고 싶어 했던가. 아버지와 형들은 새벽 5시에 일어나고, 해가 진 후 완전히 탈진한 채로 땀을 흘리며, 때로는 찰과상을 입은 채 집으로 돌아왔다. 그러고는 그들이 겪은 모험들을 들려줬다. 천둥 같은 소리를 내며 눈사태가 나고, 바위가 굴러 내렸다고 했다. 나귀들은 그 자리에서 도망쳐 큰 소리로 울부짖으며 썰매들을 매단 채 산 위로 달려갔다고 했다. 통들이 떨어져 엄청난 소리와 함께 골짜기로 굴러 내려갔고, 그 와중에 통들이 터지면서 주변의 눈을 핏빛으로 붉게 물들였다고 했다. 아버지는 식탁에 앉은 채 빛나는 눈길로 어머니가 용감한 형들의 접시에 옥수수 죽을 조금씩 담아 주는 모습을 지켜보았다. 그는 너무나 많이 웃은 나머지 눈에서 눈물을 닦아내야 했다. 울티모는 어두운 구석에 앉아 있었다. 자기 몫의 식사는 이미 마친 후였다.— 아버지는 짐꾼이었다. 피몬트 지역 포도 재배업자들의 주문을 받아 와인 통들을 싣고 심플론 고개를 넘어 도모도솔라에서 브릭으로 운반했다. 겨울엔 썰매를, 여름엔 마차를 이용했다. 한창때는 일곱 명의 아들이 그를 도왔다. 그러다가 한순간에 세 명만 남았다. 나머지는 티푸스, 소아마비, 패혈증으로 죽었다. 그런데도 아버지는 울티모가 형들의 자리에 들어서는 것을 결코 허락하지 않았다. 어쩌면 그가 아주 노쇠하여 장남에게 함께 나귀들을 몰고 고개를 넘어가자고 설득하기조차 힘들어졌을 때, 그에게 기회가 왔을지도 모른다. 하지만 그때쯤 울티모는 이미 다른 나라에서, 다른 친구들과 어울려 새로운 돈을 만지며 살게 된 지 오래였다.

다행히도 울티모는 뛰어난 학생이었다. 마을의 교사가 그것을 알아챘고, 어느 성직자, 그러니까 도모도솔라 교구의 신부가 도움의 손길을 건넸다. 그리하여 재능 있는 울티모는 어느 날 갑자기 고개 너머 산 건너편에 가 있게 되었다. 브릭 예수회 기숙학교의 사생이 되었던 것이다. 사실 이 신성한 학교 때문에 그는 평생 동안 모든 종교적인 것에 대해 거부감을 보이게 되었다. 그는 훗날 절대 미사에 참석하지 않았으며, 딸의 세례도 거부했다. 그럼에도 불구하고 그는 이 학교에서 많은 것을 배웠다. 노래하는 듯한 독일어와 라틴어 기도문을 배웠을 뿐만 아니라, 덧셈, 뺄셈, 그림 그리기, 정리 정돈, 섞기와 분류하기, 딱정벌레 해부, 정육면체의 질량을 유지한 채 원뿔로 변형시키는 법 등을 배웠다. 그는 졸업 시험에서 아주 뛰어난 성적을 받았다. 졸업식은 성당에서 치러졌다. 수백 명의 시민들이 감동한 모습으로 그 자리에 참석했다. 주교인지 교회 지도자인지 알 수 없는 누군가가 기도를 했고 졸업장을 나눠 주고 다시 기도를 했다. 그는 울티모에게 졸업장을 건네줄 때 그의 머리를 쓰다듬기까지 했다. 울티모는 그날 이후 다시는 성당 안에 발을 들여놓은 적이 없다. 훗날 그가 아내와 함께 샤르트르,[19] 오툉,[20] 베즐레[21] 등으로 교양 여행을 갔을 때, 그는 자신의 아내가 봉안당과 회랑을 경탄하며 둘러보는 동안 언제나 바깥의 성당 입구에서 기다리곤 했다.—그는 스위스 국립공업전문대학에 입학했고(외국인인데도 그는 장학금을 받았다) 기계전문기사가 되었다. 그리고 갓 스물네 살이 되었을 때 호수의 그늘 쪽에 자리하고 있는 저 공장에 취업했다. 당시 그 공장은 아주 규모가 작았다. 몇 채의 가건물 안에서 오른나사, 왼나사, 금속나사, 스프링장치와 바퀴멈추개 등의 대형 나사를 생산하고 있었다. 울티모는 판자 칸막이로 이루어진 사무실에 앉아 몇 개 안 되는 계약 건들을 처리했다. 그는 결혼하여 딸을 하나 얻었다. 바로 나의 어머니다. 그 후 제1차 세계대전이 터졌다. 이쪽 저쪽의 참전국들은 굉장히 많은 총을 필요로 했고 (그들은 총이 다 망가지도록 엄청나게 쏘아댔다), 그 결과 4년 뒤에 이 업체는 대기업으로 성장할 수 있었고, 울티모는 부사장단의 일원이 되었다. 그는 영업용 차량 생산 부서를 담당하고 있었는데, 이 부서는 고속 성장을 이뤄냈다. 그는 이제 많은 돈을 벌게 되었다. 그는 집을 마련했고, 영국산 플란넬 양복을 입었으며, 하녀를 두었다. 치즈, 말린 고기, 옥수수, 와인을 옛 고향으로부터 사다 먹고, 축음기를 구입해서 저녁마다 한 손에 셰리주를 든 채 카루소가 「여자의 마음」을 부르는 것을 심취해서 듣곤 했다. 그는 시거를 피웠다. 그는 새 고향의 시민이 되었다. 또 그 도시에서 처음으로 승용차를 구입한 사람들 중의 하나였다. 그는 자주색의 피아트 오픈카를 투린에 가서 직접 몰고 왔다. 좌석, 계기판, 모든 것이 그가 요구한 대로 조립되었다. 그는 노래를 흥얼거리며 차를 몰고 산을 넘어 왔다. (심플론을 피해서 간 것은 그가 이미 오래전에 작고한 아버지의 혼과 나귀들의 귀신을 두려워했기 때문이었다.) 그는 바퀴 세 개를 갈았고, 냉각수의 상태를 보기 위해 조심성 없이 냉각수 탱크를 열다가 화상을 입었다. 턱에 화상을 입고 손에는 붕대를 감고 있었지만, 그래도 여전히 기분은 최고였다. 그렇게 그는 멋진 자동차를 몰고 모래 먼지를 일으키며 숲과 골짜기와 마을 사이를 달렸다. 저물어가는 태양빛을 받으며 집에 도착한 그에게 부인과 어린 딸이 꽃다발을 안기며 환영해주었다. 그는 미소를 지으며 경주용 안경과 가죽 모자와 더스트 코트를 벗었다. 이웃 사람들이 울타리 사이로 내다보다가 그가 손짓을 하자 마치 도마뱀이 구멍 속으로 들어가버리듯이 후다닥 사라졌다. 인생은 얼마나 아름다운가!—그 후 그의 부인은 죽었고, 그의 딸은 예상치 못했던 미인으로 성장했고, 그는 목석같은 인간으로 변했다. 그는 더 이상 말도 하지 않았고 거의 먹지도 않았으며 밤에는 잠도 자지 않고 일어나 앉아 요한 제바스티안 바흐의 「칸타타」를 수십 번 반복해서 들었다. 베이스의 멋진 노랫소리는 그의 죽음을 고대하고 있었다. 그는 더 이상 옷도 사지 않았다. 사실 거의 아무것도 사지 않았다. 언제나 집 안 곳곳의 불을 껐고 모든 방의 환기를 시키곤 했다. 1929년 10월 26일, 저 검은 금요일의 다음 날 그는 조간신문을 펼쳤다가 자신이 전 재산을 잃었다는 사실을 알게 됐다. 하룻밤 사이에 다시 가난해졌던 것이다. 그는 안락의자에서 일어나 입을 벌렸고 가슴을 움켜쥔 채 바닥으로 쿵 소리를 내며 쓰러졌다. 거기 값비싼 양탄자 위에 심홍색 모닝가운을 입은 그가 누워 있었다. 자신이 넘어뜨린 관상용 야자나무의 이파리 사이에 머리를 둔 채였다. 그의 굳어진 두 눈은 아직 아침 햇살이 비치지 않은 창문을 향하고 있었다. 모닝가운이 젖혀져 있어서 그는 알몸으로 천장을 바라보며 누워 있었다. 한때 잣나무 빛깔이었던 그의 피부는 이제 낡은 구릿빛을 띠고 있었다. 어머니가 그런 그의 모습을 발견했다. 그녀는 그의 옷을 여며주고, 구겨진 신문을 그의 손가락 사이에서 끄집어내어 그를 죽음에 이르게 한 기사를 읽었다. 하지만 얼마 정도 시간이 흐르고 나서야 비로소 이제는 자신도 더 이상 부유한 삶을 누릴 수 없게 되었다는 사실을 깨달았다. 그러자 그녀는 두 주먹으로 자신의 입술을 누른 채 낯설게 보이는 이 남자를 뚫어지게 쳐다보았다. 죽음을 맞은 그는 마지막 경배 의식을 기다리고 있는 동방의 제후 같은 모습이었다.

아버지의 아버지, 그러니까 그 짐꾼이었던 이는 피부색이 훨씬 더 검었다. 그 이유는 그의 아버지가 적도 아래쪽의 산간지대에서 온 아프리카 흑인이었기 때문이다. 그가 도착한 곳은 알프스의 어느 골짜기로, 그곳 사람들은 산 너머에 사람들이 살고 있다는 사실조차 전혀 모르고 있었다. 그 흑인 선조는 이름도 없었다. 모두들 그를 검둥이라고 불렀다. 심지어는 내 어머니의 아버지의 아버지의 어머니, 그러니까 그의 부인조차도 그를 검둥이라고 했다. 그렇다고 해서 그녀가 단 하룻밤에 지나지 않았던 그와의 짧은 사랑을 거부한 것은 아니었다, 아니 오히려 그녀는 사라져버린 그 남자를 평생 추모하며 지냈다. 작은 제단 위에서는 언제나 촛불이 타고 있었다. 그 불빛은 그의 사진 대신 그녀가 제단 위에 올려놓은 기이한 물건을 비춰주곤 했는데, 그것은 그가 실에 매달아 목에 걸고 있던 것이었다. 이빨이었을까? 아니면 맹수의 발톱? 그녀는 꺼지지 않는 촛불 앞에 몇 시간씩 무릎을 꿇고 앉아 유품에 입 맞추고 그녀가 알고 있는 유일한 이름을 불렀다. "검둥이!"—그 검둥이는 굶주림으로 인한 부족 간의 결투에서 쫓겨나 자신의 나라를 떠났었다. 그가 속한 부족은 키가 크고 마른 체격이었고, 그들을 제압한 경쟁 부족은 키가 작고 단단한 체격이었다. 그들은 마른 체격의 부족이 대추야자를 재배하는 것을 시샘했으며, 종교 또한 서로 달랐다. 그들의 신이 개였던 반면에, 마른 체격의 부족이 섬기는 신은 사자였다. 높은 신분의 신관들은 언제나 검은 털이나, 앞발, 턱뼈 등 사자의 일부를 몸에 지니고 있었다. 그들은 자신들이 숭배하는 사자와 비슷하게 물소나 영양이 지쳐서 죽을 때까지 그 뒤를 쫓아 달렸다. 몇 시간이든 며칠이든 간에 희생물이 포기할 때까지 달렸다. 그 검둥이가 어떻게 해서 유럽에 도착하게 되었는지는 아무도 모른다. 그가 제노바[22]를 통해 뭍에 올랐는지 아니면 리보르노[23]를 통해 온 것인지, 그리고 그가 왜 멈추지 않고, 먹지도 마시지도 않으면서 계속해서 앞으로만 전진했는지 알 수 없는 일이다. 그는 개들이 짖어대는 여러 마을 어귀를 둘러서 전진했으며, 옥수수 밭과 포도원들을 지나 마침내 저 바위 골짜기에 들어섰던 것이다. 그 골짜기는 가파른 경사로 이루어져 있었으며 그 길을 따라 올라가니 바로 눈앞에서 제일 높은 빙벽이 저녁 햇살을 받아 빛을 발하고 있었다. 그는 숨을 헐떡이며 비틀거렸고, 더 이상 자신이 어디를 걷고 있는지조차 알지 못했다. 자갈 더미나 다름없는 집 몇 채를 지나친 후 그는 쓰러져버렸고, 정신을 잃은 채 누워 있었다. 어느 젊은 여인이 그를 발견했다. 그녀는 그의 두 발을 잡아끌며 뒷걸음질로 자신의 집으로 들어갔다. 주위는 이미 어두워져 있었다. 그녀는 어둠 속에서 그의 옷을 벗긴 후 그에게 물을 부어 그의 몸을 씻겼다. 그의 몸을 덥히기 위해 그녀는 자신의 몸을 바싹 붙이고 수건으로 그의 몸을 말리며 그에게 말을 걸었다. "일어나요! 일어나라구요!" 그녀는 그를 껴안고 키스하며 애원했다. 이제껏 그런 살내를 맡아본 적이 없었다. 그녀는 하늘을 향해 기도했다. "이 사람이 다시 살아나 내 인생에 들어올 수 있게 해주세요!"―깜깜한 밤중에 갑자기 검둥이가 몸을 움직였다. 그의 신음 소리가 너무 절절하고 그의 한숨 소리가 너무 고통스러워서, 여인은 더욱 정성을 들여 그를 애무했다. 그날 밤 정확하게 어떤 일이 일어났는지는 아무도 모른다. 아무도 그 두 사람을 보지 못했고, 그들도 서로를 보지 못했다. 다만 그들이 신음하며 울부짖는 소리는 모두가 들었다. 그들은 미친 듯이 몸부림쳤다. 심지어는 웃기도 했다! 그러다가 아침 무렵이 되자 잠잠해졌다. 아마 다른 사람들도 이불 속에서 잠이 들었을 것이다. 어쨌든 아치형의 문틈으로 햇빛이 들어와 두 연인을 비추었을 때, 그 여인은 알몸으로 바닥에 등을 댄 채 가볍게 호흡하며 잠들어 있었다. 꿈을 꾸는지 미소를 띠고 있었고 두 팔과 두 다리를 활짝 젖히고 있었다. 검둥이는 죽어 있었다. 입을 벌린 채, 크게 부릅뜬 눈에는 눈물이 가득했다. 그 집에 함께 살고 있던 사람들은 어찌할 바를 모른 채 두 사람을 에워싸고 있었다. 어느 누구도 감히 그 여인을 깨우거나, 죽은 남자를 건드릴 엄두를 내지 못했다. 마침내 그녀의 아버지였던가, 한 노인이 용기를 내어 겉옷을 가져다가 두 사람을 덮어줬다.— 여인은 단 하룻밤의 행복이었던 그 검둥이를 집 옆의 밤나무 아래 묻었다. 9개월 후 그녀는 아들을 낳았고, 도메니코라고 이름을 지었다.— 이러한 사정으로 어머니의 아버지의 아버지의 아버지는 흑인이었던 것이고, 어머니의 아버지의 아버지는 갈색 피부였고, 어머니의 아버지는 구릿빛이었으며, 어머니는 그래도 태양의 아이처럼 보이게 되었던 것이다.

에트빈은 이제 지휘자였다. 그러나 교향악단을 갖지 못한 지휘자였다. 필하모니의 지휘대는 그와 같은 사람에게는 달보다도 더 먼 곳에 있었다. 그래서 그는 자신의 교향악단을 직접 창단했다. 알게 된 사람들 중에 악기를 다룰 줄 아는 사람은 모두 설득해서 자신과 함께 일하도록 했다. 그들은 대부분 음악학교의 남녀 학생들이었다. 아무튼 그가 자신의 음악가들을 한곳에 모아놓고 보니 스물다섯 살을 넘긴 사람이 아무도 없었다. 단 한 사람만 예외였는데, 에트빈이 수석 연주자로 임명한 60세 즈음의 바이올린 연주자였다. 그는 필하모니에서 막 싸우고 나온 참이었다. 공연 연습 중에 새로운 음악을 연주할 수 있을지에 대해 논쟁이 벌어졌을 때, 그는 용감하게도 수석 지휘자에게 반박을 하고 나섰던 것이다.—그 지휘자는 무미건조한 음악 공무원으로서, 앞으로도 몇십 년은 더 그 자리를 지키고 있을 사람이었다. 그가 세기가 바뀐 이후로는 연주할 만한 곡이 더 이상 나오지 않았다고 말하자, "그럼 코른골트[24]는 뭡니까?" 하고 바이올린 연주자가 소리쳤다. "후버[25]는 어떡하고요? 버르토크도 있습니다!"—그는 당장 해고당했다.—그 때문에 에트빈이 청년 관현악단이라고 명명한 그의 새 악단은 창립 연주회의 첫 곡을 벨러 버르토크의 「조곡 4번」으로 정했다. 두번째 곡은 알렉산더 폰 쳄린스키[26]의 「피콜로와 현을 위한 협주곡」이었다. 그 곡을 연주하게 된 건, 에트빈의 친한 친구이자 당시로서는 관현악단의 유일한 관악기 연주자였던 이가 피콜로를 전공했기 때문이었다. 그는 젊은 명연주자로서 피콜로에 대해 특별한 애정을 갖고 있었다. 마지막 곡으로는 지방 작곡가가 쓴 「프랑수아 리샤르의 그대 앞에 흐르는 시내 주제에 의한 다섯 개 변주곡」을 초연했다. 에트빈은 반드시 초연곡을 하나 넣기를 원했는데, 그를 위해 그토록 짧은 시간 안에 무언가를 써줄 수 있는 사람은 그 작곡가밖에는 없었던 것이다. 그 지방 작곡가는 에트빈의 요청에 매우 기뻐했으며, 바로 그날 밤에 다섯 장인지 열 장인지의 악보를 천재적인 필치로 채워 넣었다. 하지만 그 이상은 진행이 되지 않았기 때문에, 에트빈은 그걸로 만족하고 어떻게든 악보의 순서를 맞춘 후 어차피 잘 알아보기도 힘든 곡을 가지고 최선을 다해 관현악 곡으로 편곡했다. 피콜로 연주자가 솔로 연주를 맡는 바람에 따로 관악을 맡을 사람이 없어서, 제목에 나오는 시냇물 소리는 콘트라베이스가 맡아야 했다.—연습 시간은 끔찍했다. 에트빈은 몹시 늦게 온 사람에게 화를 냈으며, 자신의 파트를 익히지 않은 사람에게는 더 크게 화를 냈다. 정말이지 에트빈이 굉장히 엄격했기 때문에 연주자들, 특히 여성 연주자들은 연습을 시작한 지 사흘째 만에 그에게 완전히 반해버렸다. 학생들이 음악학교의 수업에 참석해야 하는 이유로 이른 아침에 연습을 하기도 했고, 밤늦게까지 연습이 이루어지기도 했다. 모두들 점점 더 헌신적인 모습으로 에트빈을 우러러보았다. 그는 정말 확신에 찬 모습이었다! 연주회 날엔 모두들 초긴장 상태였다. 이날 뭔가 중요한 일이 벌어질 것이라는 사실을 모두들 알고 있었다. 심지어는 노련하기 짝이 없는 바이올린 수석 연주자조차도 명치끝에 기이한 느낌을 가졌다. 연주회는 1926년 6월 12일 역사박물관에서 열렸다. 물론 홀의 뒷자리엔 아무 이유 없이 찾아온 사람들도 몇 명 있었지만, 청중은 모두 연주자들의 어머니와 아버지, 남편과 아내, 이모와 고모, 삼촌, 대부 그리고 온갖 종류의 친구들이었다. 에트빈은 버르토크의 「조곡 4번」을 시작하자마자 박자를 놓쳤다. 바이올린 수석 연주자가 다른 연주자들을 이끌어 다음 박자로 넘어갔다. 하지만 그는 바로 그다음 박자에서 실수를 했고, 제1바이올린 연주자 모두가 그를 따랐기 때문에 에트빈도 그를 따라갔다. 곡이 끝나자 청중은 당황하여 침묵을 지켰다. 홀의 뒷자리에 앉아 있던 한 노인이 소심하게 야유를 보냈다. 그 곡은 어머니의 마음에도 들지 않았다. (어머니의 친한 친구인 첼로 연주자가 그녀를 연주회에 불러냈다. 그 친구는 훗날 베를린에서 연주자로 성공을 거두었으며, 부헨발트에서 살해되었다.) 쳄린스키의 곡을 연주하고 나자 뒷자리의 야유는 더 과감해졌다. 그들은 벌건 얼굴로 불쾌감을 드러냈다. 그래도 솔로 연주자는 박수를 받기도 했다. 하지만 「다섯 개 변주곡」이 끝나자 제대로 난장판이 되고 말았다. 홀의 뒷자리에 앉은 사람들은 야유하고 떠들고 열쇠를 이용하여 휘파람을 불어댔다. 그럴수록 앞에 앉은 사람들은 더욱 힘차게 박수를 쳐대고 더욱 열렬하게 브라보를 외쳤다. 연주회 내내 외투 보관소에 있었던 지방 작곡가는 무대 위로 힘겹게 끌어올려졌고 비틀거리며 인사를 했다. 에트빈은 훗날의 연주회에서 매번 보였던 모습 그대로 이날 첫 번째 연주회에서도 아주 절제된 모습을 보였다. 기껏해야 고개를 약간 기울였을 뿐이었다. 연주회장에 우레와 같은 박수 소리가 계속해서 울려 퍼지자, 에트빈은 야유하는 사람들을 무시하고 변주곡 중의 두 곡을 앙코르곡으로 연주하도록 했다. 박수를 치던 이들은 기쁨에 넘쳐 열광했다. 변주곡 제4번과 5번은 마침내 시냇물이 사랑하는 여인의 가슴에 넘쳐흘러, 그녀가 점점 더 날카로워지는 첼로들의 구애에 마음을 여는 부분이었다. (5번 변주곡은 이후 희망곡 콘서트의 인기

곡이 되었고 지방 작곡가에게 정기적인 수입을 가져다주었다.)
물론 그 도시에 있는 두 개 신문사의 비평가들은 초대를 받았음에도 그 자리에 나타나지 않았다. 하지만 어쩌면 그것도 나쁘지는 않았다. 왜냐하면 그렇게 해서 청년 관현악단의 연주회는 바로 다음 날부터 비밀스러운 인기 연주회가 되었기 때문이다. 누구나 이 연주회에 오고 싶어 했다. 그중엔 야유하고 휘파람 불기 위해서인 사람도 있었다. 당연히 연주회는 계속 열렸고, 마침내 비평가들까지도 관심을 보였을 땐, 에트빈이 그들을 원하지 않게 되었다. 청년 관현악단의 연주회를 방문한 비평가들은 한 사람도 예외 없이 직접 표를 구입해야 했다.— 첫번째 연주회가 끝난 후 연주자, 어머니와 아버지들, 남편과 아내들, 이모, 고모와 삼촌들, 대부와 친구들, 그리고 지방 작곡가까지! 모두가 바이에른 맥주홀에 모여 앉았다. 그 커다랗고 시끄러운 술집에서는 맥주를 1리터짜리 술잔에 담아 팔았고 관악대가 연주를 했다. 나의 어머니도 그곳에 있었다. (그녀는 첼로 연주자를 따라 그곳에 갔다.) 나의 어머니는 탁자의 아래쪽 끄트머리에 앉아 있었고, 에트빈은 탁자 머리맡에 앉아 있었다. 연주회가 일대 소동을 일으켰다는 사실 때문에 그는 매우 신이 나 있었고, 날카로운 목소리로 계속해서 농담을 해댔다. 사람들은 정신없이 웃음을 터뜨렸지만, 그는 진지한 모습이었다. 끊임없이 이야기를 나누는 사람들의 뺨이 발갛게 달아올랐다. 바이올린 수석 연주자는 30년은 젊어진 모습으로 입을 열 때마다 음악가들의 뒷얘기를 늘어놓았다.— 탁자 아래쪽의 분위기도 마찬가지로 흥겨웠다. 나의 어머니는 초여름 밤의 온화한 대기를 가르며 집으로 가는 동안 버르토크의 음악을 혼자서 흥얼거렸다. 사실 연주회 때는 그다지 맘에 들어 하지 않았던 곡이었다.

혼자서 노래를 흥얼거린다는 것은 그 당시 내 어머니의 기질과는 어울리지 않는 행동이었다. 더군다나 버르토크의 곡이라니. 하지만 그녀에게서는 과거의 기질도 더 이상 보이지 않았다. 그녀는 더 이상 굳어진 채로 방 한구석에 서 있지 않았다. 그녀는 이제 더 이상 아이가 아니고 성인이었다. 하지만 두 주먹을 불끈 쥐고 피가 머릿속으로 솟도록 힘을 주는 성향은 여전히 남아 있었다. 그녀는 머릿속의 압박을 한동안 유지하다가 힘을 풀곤 했다. 그 모습을 본 사람은 아무도 없었다. 그녀가 잠시 이 세계를 떠났었다는 것을 아무도 알아채지 못했다.— 그녀는 아버지를 보살피고, 집안일을 돌봤다. 물건을 구입하고, 하녀를 감독했으며, 손님들을 초대했을 때는 좌석의 배치를 결정했다. 손님들이 도착하면, 안주인의 역할을 맡아 했다. 언제 날씨에 대해 얘기해야 하고, 언제 찬사와 아부를 해야 하는지 잘 알고 있었다. 그녀는 목 위까지 올라온 비단옷을 입고 있어서 약간 튀긴 생선처럼 보이기도 했다. 아버지의 맞은편 끄트머리에 자리를 잡은 그녀는 손님과 대화할 때 그에게 아주 집중하는 모습을 보이면서도, 단 한순간도 놓치지 않고 전체 식탁을 살폈다.

그녀는 남들이 눈치 채지 못하도록 눈썹을 살짝 들어 올리는 것만으로도 손님의 와인 잔이 비었다거나, 여자 손님의 냅킨이 바닥에 떨어졌음을 하녀에게 알리곤 했다.—그러나 이제는 울음을 터뜨릴 수밖에 없다고 생각되는 순간들이 점점 더 많아졌다. 지금 당장, 바로 이 순간 울고 싶다는 생각을 하곤 했다. 하지만 그녀는 절대 울지 않았다. 단 한 번도. 울음을 터뜨린다는 것은 엄격하게 금지된 일이었고, 오히려 바로 그 이유 때문에 너무나 간절히 울고 싶었는데도 말이다. 아버지는 절대 울지 않았다. 그 점은 분명했다. 할아버지도 절대 울지 않았을 것이다. 증조할아버지는 말할 것도 없다. 얼마나 강인한 사람들인가!—이제 그녀는 아무 생각 없이 멍하게 먼 곳을 바라보는 일이 잦아졌다. 그럴 때면 어쩔 수 없이 자신이 정말 공기와도 같은 무존재임을, 아니 오히려 모두에게 방해가 되는, 걸레질로 닦아내야 할 배설물과도 같은 존재임을 느끼곤 했다.—이제 그녀는 성인인 동시에 아이의 모습으로 다시 방구석에 서서 주먹을 말아 쥐게 되었고, 그럴 때의 그녀는 더 이상 지배하는 자가 아니라 복종하는 자였다. 복종의 대상도, 이유도 중요하지 않았다. 그녀는 다시 옛날처럼 자신 안의 내면을 들여다보고 있었다. 하지만 이제 그녀는 왕 혹은 살인자의 신발 앞에 무릎을 꿇고 앉아 있었다. 작은 몸집의 그녀는 엄청나게 높다란 장화의 부리 부분만을 볼 따름이었고, 기껏해야 신발끈, 그리고 산책과 사냥으로 인한 먼지와 핏자국을 볼 수 있었다. 그녀는 거대한 신발을 깨끗이 닦았다. 더러운 것을 닦아낸 후 광택을 내며 핥았고, 마침내 겸손하게 위쪽을 바라보았다. 그러면서 태양 아래서 흔들리고 있는 왕의 얼굴까지 올려다보았다. 그의 수염은 그녀 쪽을 향하고 있었고, 그의 두 눈은 이글거리는 석탄과도 같았다! 그녀는 가냘픈 손으로 계속해서 신발을 닦으면서 여전히 머리를 위로 향하고 있었는데, 그 순간 고귀한 존재를 바라보는 일은 자신에게 금지되어 있다는 사실을 깨달았다. 그녀는 알 수 있었다! 그것은 엄중하게 금지된 일이었으며, 왕이 그녀의 범죄행위를 알아차렸다는 것을. 그러면 곧 신발이 다가와 그녀의 얼굴과 하복부를 짓밟았다. 하지만 그녀는 아무 소리도 내지 않았다. 왕 앞에서는 소리를 내지 않는 법이었다. 죽음의 환희를 느끼며 그녀는 자신의 동굴 속 가장 깊은 구석으로 기어 들어갔다.— 정확히 알 수 없는 어떤 소음으로 인해 그녀는 깨어났고 삶으로 되돌아왔다. 재빨리 부엌이나 서재로 가서 먼지를 닦아내고 의자를 반듯하게 옮겨놓았다.— 당시까지만 해도 아직 잠을 잘 수 있었던 그녀는 밤에 음울한 꿈을 꾸곤 했다. 매일 아침 그녀는 6시에 일어났다. 그 시간에 일어나야만 했다. 아버지가 항상 일찍 일어나 그녀가 아침 식사를 차리기를 기다리고 있었던 것이다. 그는 당연히 그래야 하는 것으로 믿고 있었다. 그의 부인도 그렇게 했었기 때문이다. 과거의 여인들도 모두 그렇게 하지 않았던가. 그래서 그녀는 아버지가 응접실의 탁자에 앉아 조간신문을 읽는 동안, 커피를 끓이고, 빵을 구웠다.—여름은 견딜 만했다. 이른 아침 햇살이 창문을 비춰주었다. 하지만 겨울은 끔찍했다! 그녀의 방은 얼음장 같았다. (아버지는 그녀 방의 난로를 밤새 때는 것을 용납하지 않았다.) 그녀의 옷들은 딱딱하게 얼어 있었다. 발목 위로 속옷을 당겨 입을 때면 빠지직 하는 소리가 났고 양말도 달그락거렸다. 그럴 때면 그녀의 내면에서 소용돌이치고 있던 무엇인가가 그녀의 살갗과 머리카락까지 온통 휩쓸어버릴 것만 같은 위기감이 들었다. 그녀는 자기 안으로 흘러 들어갈 수 있을 것 같았다. 자기 자신 안으로 구겨져 들어갈 수 있을 것만 같았고, 죽음의 소용돌이에 휩쓸려 자기 자신 안으로 빨려 들어감으로써 완전히 사라져버릴 수 있을 것 같았다. 끔찍했다, 두려웠다, 혼란스러웠다. 그런 날이면 그녀는 평소보다 두 배로 더 정확하게 행동했다. 온몸의 근육을 향해 어떻게 움직여야 하는지 명령했다. 포크와 나이프를 사용하는 순서에 이르기까지 모든 행동을 신중하게 했다.—가정용 요리책에 50그램의 밀가루를 넣으라고 나와 있으면, 정확하게 50그램을 넣었다. 밀가루를 네 번씩 계량할망정 48그램이어서도 안되고 51그램이어서도 안 됐다. 그녀는 요리를 잘했다. 아버지는 그녀를 칭찬했다. "그래, 음식이 맛있구나, 얘야. 집에서 먹는 음식이랑 거의 비슷해."—집이라고? 그녀는 이곳이 집이라고 생각했었다.

어머니는 이제 청년 관현악단의 연주회는 모두 참석했다.

좌석에는 번호가 정해져 있지 않았는데, 처음에 그녀는 맨 뒷자리에 앉곤 했다. 비상 출구 바로 옆의 마지막 줄 가장자리에 고정 좌석을 갖고 있는 지방 작곡가 근처 자리였다. 하지만 어찌된 일인지 연주회 때마다 그녀의 자리가 계속 앞쪽으로 바뀌었다. 우연일 때도 있었고, 친구가 자기 옆자리로 오라고 손짓을 했기 때문일 때도 있었다. 다섯번째 연주회 때부터는 에트빈 바로 뒤에 자리를 잡았다. 두번째 줄 가운데 좌석이었다.— 뒤에서 보면 에트빈은 실제보다 나이 들어 보였다. 연주회가 끝날 때마다 50프랑씩 갚기로 하고 할부로 구입한 연미복을 입고 있는 그는 마술사 같았다.— 연주회는 계속해서 흥분된 분위기였다. 어린 음악가들은 격렬하게 연주했다. 그들의 열정은 연주되고 있는 곡의 작곡가가 누군인지조차 제대로 모르는 청중들에게도 전염이 되었다. 어머니도 버르토크, 크레네크,[27] 부조니[28]가 누구인지 몰랐다.— 물론 격앙된 싸움은 계속해서 벌어졌다. 어머니도 그 이름은 알고 있었던 스트라빈스키의 「제2조곡」이 연주되었을 때 홀의 뒷자리로부터 야유가 터져 나왔다. 반면에 앞자리에서는 청중들이 감격에 겨워 열광했다. 이 앞좌석은 여전히 아내들과 아버지들로 채워지긴 했지만, 이 새로운 음악에 사로잡힌 사람들의 수도 점점 늘어나고 있었다.— 연주회를 마치고 난 후엔 첫 연주회 때와 마찬가지로 모두 함께 모여 앉곤 했지만, 더 이상 바이에른 맥주홀에서 모이지는 않았다. 처음엔 미처 깨닫지 못했지만 관악대의 연주가 너무 시끄러웠기 때문이다. 이제 그들은 연기 자욱한 술집인 '하얀 십자가'에서 모였다. 그곳에서 방해가 되는 건 어느 학생 단체 회원들뿐이었다. 그 젊은 청년들은 가끔씩 갑자기 몸을 꼿꼿하게 세운 채 탁자를 둘러싸고 서서는, 맥주잔을 가슴 앞으로 들어 올린 후 목청껏 서약을 외쳐댔다.— 어머니는 여전히 탁자의 아래쪽에 앉아 있었고, 에트빈은 위쪽에 앉았다. 그들이 대화를 나눈 적은 없었다. 에트빈이 그녀에게 잘 가라고 고개 한번 끄덕여준 적도 없었다. 그런데 일곱번째 혹은 여덟번째의 연주회가 끝난 날 그가 갑자기 그녀 옆에 앉아, 첫날 저녁부터 그녀가 눈에 띄었다고 털어놓았다. 그녀에 대해서 알아보았는데, 그녀에 대한 주변 친구들의 평판이 좋았다고 했다. 그는 이제 청년 관현악단의 명성이 도시의 경계를 넘어서까지 빛을 발하고 있다고 말하면서, 빈터투르와 렌츠부르크에서 차를 타고 오는 청중들이 있다는 사실을 들어서 알고 있다고 했다. 그래서 행정적인 업무가 필요한데, 자신이 그 일까지 할 능력은 안 된다고 했다. 그는 정기권 제도도 만들고 싶다고 했다. 에트빈은 어머니에게 물었다. 간단히 말해서 청년 관현악단의 심장과 머리가 되어 모든 필요한 일들을 맡아줄 생각이 있느냐고. 회계를 보고, 앞으로 분명히 있게 될 초청 공연을 준비하고, 솔리스트를 접대하고, 단원 중 누군가가 아프거나 고민이 있을 때는 위로해주는 등의 일을 해야 한다고 했다. 그는 진지하게 그녀를 바라보았고, 그녀는 단 한순간도 망설이지 않고 그 제안을 받아들였다. 봉급에 대해서는 얘기하지 않았다. 청년 관현악단의 어느 누구도 봉급을 받지 않고 있었고, 그것은 에트빈도 마찬가지였다. 돈을 받는 것은 작곡가들이었다. 하지만 그들도 많이 받지는 못했다.

그녀는 맹렬하게 일했다. 해야 할 일들이 너무 많았다! 예를 하나 들자면, 그때까지는 입장권 판매 대금을 신발 상자에 넣어두고, 관현악단을 위해 필요한 액수를 에트빈이 꺼내 썼었다. 이제 어머니는 은행에 계좌를 개설하고, 라이츠 상표의 서류철 다섯 권을 사서 각각 제목을 붙인 후 책꽂이에 꽂아두었다. 그것을 바라볼 때 그녀의 심장은 쿵쾅거렸다. 수입! 지출! 일반 편지! 정기권! 광고! 그녀의 글씨체는 예뻤다. 뾰족한 펜과 수정액을 가지고 작성한 회계장부는 하나의 예술작품이었다. 숫자들이 꼬리를 물고 이어졌고, 위로 삐치고 아래로 내려오는 획은 음표의 연결처럼 섬세했다. 그녀는 선을 그을 때는 자를 이용했고, 결산 부분은 빨간색으로 두 개의 밑줄을 그었다. 수정액이 튄 자국 같은 것은 전혀 없었다.—서류철 값은 물론 그녀가 지불했다. 그녀는 종이와 우편요금, 전단 인쇄비용까지도 지불했다. 그녀는 용기를 내어 아버지에게 매달 용돈을 달라고 요청하기에 이르렀다. 어쨌든 이제 그녀도 스물세 살이었다! 그녀는 왕좌와도 같은 아버지의 책상 앞에 서 있었다. 두 주먹을 말아 쥐고, 상기된 턱을 앞으로 내민 채였다. 그녀는 떨고 있었다.

아버지는 자신의 딸을 바라보았다. 무슨 일이지? 자신이 그녀를 먹이고 입히고 있지 않은가! 치과에 가면 그 비용도 내주고! 그는 이글거리는 그녀의 두 눈을 보았다. 그러고는 고개를 끄덕이며 말했다. "20프랑을 주겠다. 어디에 썼는지 정확하게 보고해야 한다!" 그는 다시 한 번 고개를 끄덕였다. 어머니는 숨을 내쉰 후 그 자리를 떠났다.— 그녀는 솔리스트들에게 간청하는 편지를 보내, 그들이 무보수로 연주해야만 하는 이유를 설명했다. 음악이 너무나 뛰어나기 때문에 청년 관현악단과의 협연은 앞으로의 출세에 큰 도움이 되리라는 것이었다. 가끔은 괴물처럼 보이는, 두 자리 수의 번호를 가진 아빠의 전화기로 통화를 하는 일마저 있었다. 아빠도 모든 일을 다 알아차리는 건 아니었다!— 그러고 나면 솔리스트들은 그녀의 집에서 묵었다. 지붕 밑 두 개의 다락방이 그들을 위한 곳이었다. 아버지는 비록 다리우스 미요[29] 보다는 푸치니를 더 좋아하고 여전히 필하모니의 연주회를 다녔지만, 그래도 가끔 아침 식사 자리에서 그들을 만날 때면 친절하게 설탕과 크림을 권했다. 그는 청년 관현악단의 연주회는 무시했고, 아침 식사 때 만나는 음악가들은 아직 인생과 음악의 고통에 대해 아무것도 모르는 어린애들이라고 생각했다. 하지만 자신의 아들뻘인 어느 젊은 바순 연주자에 대해서는 지나치게 성급한 애정을 드러냈다. 그 정도가 너무 심해서 그 음악가와 어머니는 물론 그 자신도 당황할 정도였다. 그 바순 연주자는 베르가모 출신이었는데, 소스의 요리법에 대해서는 아버지조차 따라올 수 없을 정도로 잘 알고 있었다. 어머니는 그를 역에서 마중했다, 아니 마중하려고 했었다. 하지만 그가 잘못된 방향으로 내린 탓에 어머니는 기차가 떠난 후에야 그를 발견했다. 그는 멀리서 철로 위를 올라갔다 내려갔다 하면서 점점 더 멀어져갔다. 그가 아래쪽의 철로 위에 서 있을 땐 승강장 모서리 위로 마치 잠망경처럼 바순의 윗부분만이 보였다. 그러더니 그가 집들 사이로 사라져버렸다. 그는 오후 내내 모습을 보이지 않다가, 저녁의 총연습 시간에야 조금은 경황없는 모습으로 나타났다. 하지만 연주회에서는 거장다운 연주를 보여줬다.—어머니의 아버지는 그와 처음으로 아침 식사를 함께하는 자리에서 바로 이 동향인에게 푹 빠져버렸다. 그리하여 그의 연주회에 가서 손이 부르트도록 박수를 쳐댔고 다음 날 아침엔 더 머물러달라고 간청했다. 이때는 그의 부인이 죽은 지 6년째 되는 해였다. 일주일 동안 그들은 함께 오소부코, 트리페, 리조 트리폴라토를 요리했다. 또한 이탈리아어로 열정적인 토론을 벌이기도 했다. 작별 선물로 어머니의 아버지는 이 친구에게 엄청나게 비싼 칼리니에리의 콘트라 바순을 사줬다. 과거의 가난이 온몸에 찌들어 있어서 부인에게서도 인색하다는 평가를 받았던 그가 말이다. 그 친구가 이탈리아어로 "안녕히 계세요, 전부 다 고마워요"라고 외치면서 정원에 난 길을 걸어갈 때 어머니의 아버지는 눈물을 흘렸다. 그 옆에 서서 손을 흔들고 있었던 어머니는 자신의 아버지는 절대 눈물을 흘리는 사람이 아니라고 알고 있었던 탓에 그 사실을 알아차리지 못했다. 그 후 그는 바순 연주자에게 몇 가지 요리법과 자신이 외롭다는 암시를 담은 편지를 여러 차례 보냈다. 답장은 받지 못했다. 가을이 되자 그는 피아트 승용차를 타고 베르가모로 갔다. 이번에는 율리에르, 베르나, 아프리카를 거쳐서 갔다. 하지만 작별할 때 바순 연주자가 줬던 주소지엔 한 여인이 세 아이와 함께 살고 있었고, 그 아이들은 끔찍한 불협화음을 내며 울어댔다. 바순 연주자는 없었다. 그런데도 그는 다음 날 그를 찾아내고야 말았다. 오페라 하우스에서의 「에르나니」[30] 연주회가 끝난 후였다. 그는 흑발의 어느 여인과 팔짱을 낀 채 무대 입구를 나서는 참이었다. 어머니의 아버지는 소리를 질렀다. "오레스테! 나야! 울티모!" 하지만 바순 연주자는 그를 알아보지 못하고 계속해서 그 여인과 수다를 떨 뿐이었다. 울티모는 두 사람이 거리 모퉁이를 돌아 사라질 때까지 그 뒤를 바라보고 있었다. 다음 날 아침 그는 집으로 돌아왔다.— 어머니는 연습 전에 의자와 보면대를 아주 정확하게 정리해뒀다. 연습실의 난방은 제대로 되었는지를 살피고, 송풍기의 소음 상태를 점검했다. 연습 도중에 건물 안에서 시끄러운 말소리나 망치 소리가 들리면, 그녀는 복수의 여신처럼 밖으로 뛰쳐나갔다. 그러고 나면 즉시 조용해졌다. 그들은 여전히 역사박물관에서 연습 중이었는데, 소음의 원인이 그 박물관의 관장이라고 해도 상황은 마찬가지였다. 그녀는 제일 먼저 와서, 제일 나중에 갔다. 그녀는 포스터와 편지지를 위해 청년 관현악단Junges Orchester의 약자를 이용하여 O자 안에 J자를 꼬아 만든 모양의 로고를 디자인했다. 이제는 합창단도 있었는데, 연습이 있을 때면 어머니는 충분한 차를 준비해뒀다. 에트빈은 자신이 더 이상 직접 문을 열지 않는다는 사실조차 깨닫지 못했다. 그가 하도 여러 번 넘겨 너덜너덜해진 악보를 팔 아래 낀 채 먼 곳을 응시하면서 다가오면 어머니가 문을 열어주곤 했는데, 그는 그것을 알아차리지 못했던 것이다. 그는 정말 뛰어난 인물이었다. 그는 열정에 넘쳐 단상으로 뛰어올랐고, 모든 연주자들을 동시에 주시하면서 그들을 채찍질하여 음악의 하늘로 인도했다. 연습 시간 동안 어머니는 자신의 앉은키보다도 낮은 갑옷들 사이에 앉아 있었다. 무릎 위엔 수첩과 연필을 잡은 채였다. 그것은 에트빈이 가끔 지휘를 중단하지 않은 채 "왜 트롬본 연주자의 의자가 덜그럭거리죠?"라거나 "프로그램을 위해 내일까지 쇤크[3]의 약력이 필요합니다"라고 소리쳤기 때문이다. 그녀는 그것을 메모해두었다가, 의자를 교체하고 바로 그날 저녁 지방 작곡가에게 0.5리터의 돌레 와인을 사 주면서 그가 오트마르 쇤크에 대해 알고 있는 것을 모두 말하도록 했다. 그 내용은 비록 체계적이지도 않고 아주 정확한 것도 아니었지만 상당한 분량이었다. 그녀는 그것을 받아 적었다가 집에 가서 문장을 다듬고 다시 한 번 교정한 후 깨끗하게 정서했다. 그러고 나서 그 원고를 에트빈에게 주면 그는 멍하니 고개를 끄덕이며 그것을 주머니에 구겨 넣었다. 그녀는 오직 그만을 주시했다. 그가 관현악단 앞에 선 채로, 오보에가 멜로디를 연주하는 동안 제1바이올린 연주자들이 정말로 피아니시시모 소리를 낼 때까지 계속해서 112번째 마디를 반복시킬 때면, 그녀는 자신도 의식하지 못한 채 눈빛을 반짝이며 그를 뚫어지게 바라보곤 했다. (이제 관현악단에는 오보에를 비롯하여 클라리넷, 호른, 트롬본도 있었다.) 연주자들은 어머니의 눈을 아주 잘 볼 수 있었다. 에트빈만이 그 눈길을 알아차리지 못했다. — 이제는 언론에서도 연주회를 찾았다. 얼마 전부터는 도시의 저명한 음악비평가인 프리트헬름 추스트까지 오기 시작했다. 그는 불평하지 않고 입장권을 구입했다. 자신이 돈을 지불해야 한다는 사실을 오히려 즐기는 것처럼 보이기조차 했다. 어쨌든 그것이 그의 비평에 영향을 미치지는 않았다. 그가 여전히 베토벤과 차이콥스키에 빠져 있고 프로코피예프[32]의 음악은 그다지 좋아하지 않았는데도 말이다. 어머니는 모든 비평을 오려내어 앨범에 붙였다. 그녀는 신이 나 있었다. 그녀는 행복했다.

그녀의 아버지는 이제 그녀가 친구의 부모들이 성장한 자녀들을 위해 개최하는 무도회에 가도 좋다고 허락했다. 그조차도 그녀가 여인으로 성장했다는 것을 인정하게 된 것이다. 무도회를 여는 집들은 명망이 있진 않지만, 어느 정도 재산을 소유한 집들이었다. 예를 들자면 기계공장의 다른 부사장들, 또는 친하게 지내는 의사들과 변호사들이었다. (보트머 가, 몽몰렝 가, 레르미티에 가에서는 그들을 초대하지 않았다.) 겨울에는 참나무 탁자와 양탄자를 들어낸 살롱에서 환한 불빛 아래 파티가 열렸다. 여름 파티는 종이 초롱이 가득 달린 시립 공원에서 열렸다. 이제 어머니는 더 이상 목까지 덮는 튀긴 생선 같은 옷을 입지 않았다. 하늘거리는 치마를 입고 무대 위를 날았다. 가슴이 깊이 파이고 반짝이는 색상 위에 꽃무늬가 그려진 의상이었다. 다른 사람들이 이미 한참 전부터 샴페인에 취하여 이리저리 뛰어다니고 있어도, 그녀는 요동하지 않고 진지하게 열정적으로 춤췄다. 그녀는 미끄러지듯이 춤췄다. 그녀의 두 어깨는 항상 같은 높이를 유지하고 있어서, 샴페인 잔을 그 위에 올려놓아도 단 한 방울도 쏟아지지 않을 것 같았다. 곧 최고의 춤꾼들이 그녀와 춤추고 싶어 했다. 그녀와 함께, 그녀와 함께. 그녀는 언제나 기꺼이 그들의 뜻을 따랐다. 적어도 그들이 이끄는 동안에는 그에 맞추어 반응해주곤 했다. 그 남자들 중에 히르쉬라는 사람이 있었는데, 그는 프랑크푸르트 출신의 독일인으로서 두 학기 동안 도시의 대학에 등록을 한 상태였다. 그녀의 헌신적인 춤을 자신에 대한 애정으로 착각한 그가 온실에서 그녀에게 키스하자 그녀는 막대기처럼 뻣뻣해졌다. 그때까지 그런 문제에 대해 생각해본 적이 없었음에도 불구하고, 그녀는 정말로 화가 나서 망설임 없이 히르쉬 씨에게 자신의 생각을 말해줄 수 있었다. 제대로 된 자신의 짝을 만날 때까지 기다릴 것이며, 그는 그 짝이 아니라는 것이었다. (그녀가 정말로 모르고 있었던 것은, 다른 여자 친구들은 한 사람도 빠짐없이 마치 태양 아래 밀랍이 녹듯이 자신들의 파트너에게 녹아나서, 온실이나 정원의 어두운 구석에서 치마 아래로 들어오는 거침없는 손길을 만끽하며 황홀해했다는 사실이었다. 그녀들의 입술은 마주 오는 상대방의 입술로 파고들었다. 자신이 잘 알고 있고, 자신과 비슷한 다른 친구들과 여자들이 그런 행동을 할 수 있다는 것을 그녀는 상상도 하지 못했다.) 그녀는 계속해서 춤췄고, 회전하고 또 회전했다.— 무더운 여름이면 변호사와 부사장의 딸들은 초원을 지나고 숲을 통과하여 한적한 산간 호수로 소풍을 다녀오곤 했다. 그들은 팬티와 속치마를 수영복 삼아 호수 속을 헤엄쳤는데, 나중에 뭍으로 올라오면 속옷이 몸에 달라붙었다. 남자들은 때로는 알몸으로 헤엄치기도 했다. 당시는 그래도 1920년대였다. 아무도 내숭을 떨지 않았다. 그런 것은 존재하지 않았다. 마약의 황홀경을 노래하는 시구를 인용하면서 남자들은 잘 알고 있다는 듯한 미소를 지었다. 여자들은 단발머리를 한 채 입술을 뾰족하게 내밀어 이집트 담배를 피웠다. 어머니도 속치마를 입고 헤엄쳤고, 그녀 곁에서는 알몸의 히르쉬 씨가 수영을 했다. 그것은 괜찮았다. 그런 것이 문제가 되지는 않았다. 그들은 바구니에서 간식거리를 꺼내 먹었다. 젖은 몸에 약간의 옷만 걸친 채 크게 웃으며 떠들어댔다. 어머니는 약간 떨어져 앉아 진지한 미소를 짓고 있었다.— 이제 아버지는 가끔씩 그녀에게 자동차를 빌려주기도 했다. 때로는 그 모임 전체가 차 안에 포개어 앉고, 어머니가 운전을 하는 일도 있었다. 그들은 알프스 산자락의 시골 음식점을 찾아가거나 호수 주위를 차로 돌았다. 나무 탁자에 둘러앉았거나, 포도 덩굴 아래 앉아 휴식 시간을 갖기도 했다. 저녁 무렵이 되면 어느 누구도, 심지어 어머니조차도 조금은 이성을 잃게 되곤 했다. 그러면 피아트 승용차의 지붕이 열렸고, 밭에서 일하던 농부들은 이 기이한 차가 석양 속으로 사라져가는 모습을 바라보며 고개를 절레절레 흔들었다. 경찰들도 미소를 지었다.—어느 누구도 에트빈을 초대하겠다는 생각은 하지 못했다. 그것은 어머니 또한 마찬가지였다. 하지만 그녀가 연습에 피아트를 몰고 오는 일이 점점 더 많아졌고, 그럴 때면 그를 집까지 태워다주곤 했다. 그는 여전히 공단지역에 살고 있었다. 그녀는 시동을 건 채 그를 집 앞에서 내려주었다. 그러고는 바로 출발했다.

청년 관현악단의 첫번째 출장 공연은 다름 아닌 파리에서 이루어졌다. 그곳에서 제3회 현대음악 주간이 개최되었기 때문이다. 그 행사는 최신 음악을 소개하는 연주회 시리즈로서 「랩소디 인 블루」를 프랑스에서 초연하여 이미 유명해져 있었다. 어머니는 전보를 작성해서 보냈고, 결국 28명의 연주자와 지휘자 그리고 그녀, 이렇게 모두 함께 파리행 기차에 몸을 싣게 되었다. 모두들 무릎 위에는 어머니가 전날 밤

부엌에서 준비한 점심 도시락을 하나씩 놓고 있었다. 그 안엔 치즈샌드위치와 사과 한 알, 그리고 납작한 물통에 담긴 나무딸기 시럽이 들어 있었다. 모두들 신바람이 나서 질주하는 차창 밖 흐릿한 햇빛 속에서 빛나고 있는 연못과 작은 호수들을 서로에게 가리켜 보였다. 포플러나무, 수양버들, 알록달록한 숲, 그리고 저 멀리 여기저기 회색빛 집들로 이루어진 마을들이 스쳐 지나갔다. 바젤과 파리 동역 사이의 구간은 완전한 평원 지대였다. 그들은 연주회 전날 저녁에 도착해서, 어머니가 제1콘트라베이스 연주자의 추천을 받아 전체 객실을 예약해둔 호텔을 찾아갔다. 그곳은 상상할 수 있는 최악의 경우보다도 더 허름한 곳이었다. 벽은 축축하고, 암청색 혹은 적갈색의 번쩍이는 벽지는 여기저기 벗겨져 있었다. 하지만 그들은 지금 파리에 와 있었고, 이러한 비참상도 지역 풍속의 일부라고 볼 수 있었다. 그 대신 도시의 나머지 부분이 더 아름답게 보이기도 했다. 이들 재잘거리는 소년 소녀들은 행렬을 이루어 라탱지구를 돌아다녔다. 그들은 생 제르맹 데 프레 성당을 구경한 후 알 라 수프 쉬노아즈라는 이름의 술집에서 식사했다. 모두 찹수이[33]를 먹었는데 아무도 그것이 무엇인지를 알지 못했다. 가격은 3프랑이었다. 거기에 레드와인 한잔을 곁들였는데, 역시 세계인인 에트빈이 제대로 주문한 것이었다. 모두들 밤늦게, 행복한 기분으로, 약간은 취기를 느끼며 잠자리에 들었다. 30명의 투숙객이 모두 함께 장조의 꿈을 꾸며 똑같은 리듬으로 호흡하는 소리에 호텔이 들썩거렸다. 만약 거리에 밤늦게 귀가 중인 이가 있었다면 그 소리를 들을 수도 있었으리라.—다음 날 아침 어머니는 혼자서 지하철을 타고 뮈튀알리테로 가서 홀을 검사했다. 그곳은 불빛이 없는 동굴 같았고, 파리 공공운송조합의 현수막이 가득 걸려 있었다. 하지만 행사 대변인은 저녁에 홀의 조명을 밝히면 아주 멋진 분위기가 될 거라고 장담했다. 그는 트로츠키처럼 보이려고 애쓰는 청년이었다. 어머니는 의자와 보면대를 정렬했다. 홀에서의 연습은 아주 만족스럽게 진행되었다. 모두들 너무나 흥분한 나머지 난방이 안 되어 실내 온도가 12도가 채 안 되는데도 개의치 않았다. 때는 아직 10월이었지만, 마치 12월인 것처럼 추웠다. 저녁에도 실내 온도가 나아지지는 않았다. 34명의 청중이 찾아왔다. 그중에는 모리스 라벨[34]도 있었는데, 마른 체형의 그는 두툼한 외투 속에 파묻힌 채 셋째 줄 가장자리에 앉아 있었다. 그의 옆에 앉은 젊은 여인은 모피를 칭칭 두르고 있어서 코끝만 겨우 보였다. 청년 관현악단은 타고르의 시에 빌리 부르크하르트가 곡을 붙인 「리트」, 아르망 히브너[35]의 「현악과 통주저음을 위한 사라반드」, 그리고 홀의 청중석에 앉아 있던 라벨의 「제2조곡」을 연주했다. 연주회가 끝나자 라벨은 앞으로 와서 에트빈에게 손을 내밀고는, "좋았습니다. 아주 좋았어요"라고 중얼거렸다. "계속 그렇게 해주세요." 그가 식사에 함께 가지 않았다고 해서 분위기가 가라앉지는 않았다. 에트빈은 식사와 음료비를 모두 청년 관현악단에서 지불하겠다고 외쳤다. 어머니는 순간 놀라움에 창백해졌지만, 시간이 지날수록 모두의 즐거움에 함께 휩쓸렸다. 마지막에 그녀는 즐거운 기분으로 계산을 했다. 그 금액은 최근에 세웠던 1년 예산을 휴지 조각으로 만들어버렸다. 새벽 두세 시경이 될 때까지 모두들 술과 음식을 맘껏 먹었고, 관현악단은 파산 상태에 이르렀다. 그들은 노래 부르며 생제르맹 거리를 따라 걸었다. 그들의 호텔은 좁은 뒷골목에 있었다. 에트빈은 어머니의 팔짱을 끼고 있었고, 그와 마찬가지로 그녀 또한 크고 맑은 목소리로 노래를 불렀다. 전체 관현악단이 화음을 넣어 노래를 불렀다. 평소의 연주곡과는 다른 「오늘 우리는 막심으로 간다」 또는 「내가 닭이었으면 좋겠네」 같은 노래들을 불렀다. 호텔에서 모두들 서로에게 유치한 장난을 치고 포옹하고 하는 사이에 에트빈은 어떻게 해서인지 어머니의 방에 들어와 그녀에게 키스를 하게 됐다. 물론 어머니는 그의 키스에 응했다. 그는 제대로 된 그녀의 짝이었던 것이다. 그는 얼마 남지 않은 밤 시간을 그녀의 방에서 보냈다. 두 사람은 아침이 밝아올 때까지도 함께 뒹굴며, 웃으며, 사랑에 빠져 있었다. 서로를 포옹하고 키스하며 충만함과 해방감을 만끽했다. 정말 황홀했다. 아침 7시가 되자 에트빈은 그대로 누워 있고, 어머니는 일어났다. 기차가 출발하기 전에 뮈튀알리테로 가서 정산을 하고 비올라 연주자가 잊어버린 펠트 모자를 가져와야 했기 때문이다. 젊은 트로츠키가 거기 있었는데, 그도 밤을 새운 참이었다. 어머니는 표 값을 지불한 청중 32명분에 해당하는 얼마 안 되는 배당금을 받고 영수증에 서명했다. 그리고 그 혁명가에게 작별 키스를 해줬다. 그는 어떻게 해서 그런 일이 벌어졌는지를 제대로 이해하지 못한 채 얼굴이 아주 빨개졌다. 어머니는 비올라 연주자의 모자를 쓰고 급하게 동역으로 달려가서 기차의 마지막 칸에 뛰어올랐다. 그러고는 기차 안에 가득 찬 사람들 사이를 겨우 뚫고 첼로 연주자 옆자리에 가서 앉았다. 에트빈도 기차 안 어디에선가 악보를 읽고 있었다. 이제는 모두들 파리를 향해 출발할 때보다 조용해졌다. 어머니 또한 친구의 어깨에 고개를 기댄 채 잠이 들었다. 나중엔 눈을 깜박이며 창밖을 스쳐 지나가는 호수와 목장을 바라봤다. 소와 말, 그리고 기차를 바라보며 머리를 긁적이고 있는 농부들이 보였다. 그들이 집에 도착했을 땐 다시 밤이었다. 그들은 간단하게 작별을 나누고 헤어졌다. 어머니는 걸어서 시내를 통과하여 집으로 갔다. 그녀의 두 발은 낙엽 속에서 바스락거렸고, 그녀의 심장은 타오르고 있었다.

다음 날 아침 그녀의 아버지가 죽었다. 여전히 자신이 겪은 일로 인한 흥분에서 빠져나오지 못하고 있던 어머니가 응접실로 달려 들어간 것은 새벽 6시가 막 지난 무렵이었다. 주방에서 커피 주전자를 손에 들고 있던 그녀가 힘겹게 도움을 요청하는 것 같기도 하고, 분노로 씩씩거리는 것 같기도 한 이상한 비명 소리를 들었기 때문이었다. 울티모는 관상용 야자나무 곁에 누워 있었고, 오른손엔 토요일자 신문을 구겨 쥐고 있었다. 그는 끔찍한 모습으로 어머니를 올려다보며 입을 크게 벌린 채 불규칙한 호흡을 내뱉고 있었다. 어머니는 즉시 죽음이 임박했음을 깨달았다. 실제로 15분도 채 안 되어 의사가 급하게 문을 열고 들어왔을 때 울티모는 조용해졌고 미동도 하지 않았다. 그래도 그는 그 곁에 무릎을 꿇고 앉아 심장과 기관지 소리를 듣고, 맥박을 짚고 손전등으로 눈을 비춰봤다. 그가 오른손의 두 손가락으로 그의 눈을 감기자, 어머니의 입술이 떨리기 시작했다. 그다음엔 턱과 두 손이 떨리고, 무릎도 떨려와서 그녀는 의자 위로 주저앉았다. 모닝가운이 벌어져서 울티모는 알몸으로 누워 있었다. 낯설고 사악해 보이는 모습이었다. 두툼한 입술, 흰머리, 철사처럼 뻣뻣한 수염, 검은 피부가 드러났다. 어머니는 온몸을 떨며 벽난로 선반을 잡고 간신히 일어나 아버지 몸 위로 담요를 덮었다. 의사는 헛기침을 한 후 "자, 그럼, 전 이만 가봐야겠습니다" 하고 말했다. 그때서야 그녀는 그가 청백색의 줄무늬 파자마 위에 우비만을 걸치고 양말도 신지 않은 채 실내화를 신고 있는 것을 보았다. "용기를 내세요, 아가씨!" 그는 더 이상 뒤돌아보지 않고 문을 닫고 나갔다. 어머니는 계속해서 한 시간을 더 떨고 있다가 장례식 준비를 시작했다. 마치 또 한 번의 관현악단 초청 연주를 준비하는 것 같았다. 사망신고를 내고, 프랑스, 이탈리아, 미국의 주소들에까지 거의 1백 장에 달하는 부고장을 발송하고, 관청과 교회에도 신고를 했다. 그리고 장례업체에 연락을 했다. 울티모가 그런 관 속에 한번도 누워본 적이 없음에도 불구하고, 아니 어쩌면 바로 그렇기 때문에 그녀는 제왕용 관을 선택했다. 장례식은 과거에 시의 진지였던 성루 위의 묘지에서 행해졌다. 그곳은 과꽃과 오래된 나무들로 가득한 정원으로, 그곳에서 고인들은 아래쪽의 호수를 내려다보고 멀리 하얀 산들까지도 볼 수 있었다. 사실 그 묘지는 이미 오래전에 폐쇄된 곳이었다. 아버지는 결혼할 때 네 사람이 묻힐 수 있는 가족 묘지를 구입했다. 그의 부인은 9년 전부터 이곳에 묻혀 있었다. 이제 그의 차례가 된 것이었다. 어머니, 나의 어머니는 55년 후 그의 옆자리에 묻혔다. 그래서 지금은 한 자리가 비어 있다. 그때와 마찬가지로 묘지는 엄청나게 거대한 쇼이호처 폼 모스 가문과 에프마팅어 가문의 추모 기념상들 사이에 자리 잡고 있고, 그 앞에는 거대한 날개를 달고 있는 대리석 천사가 비탄에 잠겨 있다. 모자를 쓰고 서류철을 든 풀 죽은 남자와 작은 소녀가 한 여인의 몸 위에 던져져 있는데, 천사는 그들을 위로하고 있는 것처럼 보이기도 하고 그들을 찍어 누르고 있는 것처럼 보이기도 한다. 남자와 소녀는 좀더 어두운 빛깔의 돌로 만들어졌고, 소녀는 만삭인 것처럼 보인다. 이 묘지 조형물은 울티모가 부인이 죽은 후에 에프마팅어 가문의 기념상도 제작했던 같은 예술가에게 주문해서 만들도록 한 것이었다.— 화창한 가을날이었다. 하늘은 그림처럼 푸르렀고 새들이 높이 날아다녔다. 시민의 거의 절반 정도가 몰려들었다. 물론 보트머 가와 몽몰렝 가 그리고 레르미티에 가 사람들은 보이지 않았다. 묘지엔 수양버들과 온갖 유명 인사들의 이름을 알려주는 묘비들이 서 있었는데, 대부분 전문경영인이거나 적어도 자선가는 되었다. 가끔은 아이들 묘지도 있었는데, 유리 아래 들어 있는 아이들 사진은 충격적이었다. 신부가 마치 새처럼 옷자락을 펄럭이면서 말을 하고 있었다. 어머니는 신부가 성가를 부르는 동안 하늘로부터 번개가 쳐서 신부와 그녀에게 울티모는 죽어서도 이 신과는 아무런 관계도 갖고 싶어 하지 않는다는 점을 분명히 해주기를 기다렸다. 그가 유언을 남기지는 않았지만, 어머니가 방자하게도 그의 마지막 뜻을 무시했으며, 여전히 그의 신은 사자라는 사실이 분명해지기를 바랐다. 하지만 아무런 일도 일어나지 않았다. 젊은 시절의 친구 한 명이 학생 때의 재미난 장난들을 회고하려고 시도했지만 별 내용은 없었다. 마지막이자 주연설자로 나선 기계공장 사장은 자신의 직원이었던 고인의 근로정신을 칭찬했다. 그는 고인의 노력이 없었더라면 영업용 차량 생산은 오늘날과 같은 성과를 이루지 못했을 것이라는 말로 끝을 맺었다. 사실을 말하자면, 이와 비슷한 말로 연설을 끝맺으려고 했으나, 심한 기침 발작이 일어나는 바람에 말하던 중간에 포기하고, 계속 기침을 하면서 어머니 쪽으로 와서, 여전히 기침을 하면서 그녀의 두 손을 잡아줬다.—그 후 모두 함께 아래쪽 호숫가에 있는 도시의 고급 식당으로 갔다. 사장은 여전히 기침을 해대고 있었다. 하얀 식탁 주위에 둘러앉아 말린 쇠고기와 프레시 베이컨을 먹고 울티모의 고향에서 생산된 와인을 마셨다. 비록 바롤로는 아니었지만, 어쨌든 치안티였다.— 그럼에도 불구하고 분위기는 제대로 무르익지 않았다. 한두 사람이 슬픈 기억이나 멋진 기억을 재미있게 들려주려고 노력했지만, 오히려 식사를 하고 술을 마실수록 모두 점점 불쾌해지고 심란해지고 당황스러워졌다. 시립 재판소의 청소년 담당 검사는 두 잔째를 마시자마자 벌써 정신을 잃은 듯 큰 소리로 혼잣말을 해댔다. 그의 옆에 앉아 있던 민영은행 조합원의 얼굴이 시뻘게지더니, 마침내 그가 검사에게 소리를 질렀다. "지금 내가 그 소리를 들어야만 합니까? 들어야 해요? 내가 들어야 하냐구요?" 그러고는 눈물을 쏟으면서 화장실로 달려가버렸다. 아무도 그에게 신경을 쓸 수도 없었고 그러려고 하지도 않았다. 왜냐하면 울티모의 오랜 체스 파트너였던 공증인이 갑자기 주먹으로 책상을 치면서 와인 잔을 산산조각 내버렸기 때문이다. 그는 비록 방계에 속하기는 해도 어쨌든 레르미티에 가문 출신의 여성과 결혼한 인물이었다. 그는 피가 흐르는 손을 휘두르면서 이것은 신의 형벌, 주님의 벌이라고 외쳐댔다. 자신은 언제나 그렇게 말해왔다고 했다. 그러면서 사라질 것이다, 모든 것이 사라질 것이다, 미래는 이미 끝난 것이다라고 외쳤다. 그의 피는 온 탁자 위로 튀었고 첼로 연주자의 블라우스 위에도 튀었다. 그녀는 벌떡 일어나 당황한 표정으로 핏자국이 묻은 자신의 가슴을 쳐다보았다.— 모두를 그토록 격앙시킨 것은 월스트리트의 비보였다. 모두 밤사이에 재산의 절반 혹은 전 재산을 잃었다. 곧 모든 사람이 탁자를 둘러싸고 선 채, 마치 다른 사람을 고함으로 눌러 이기면 마지막 기회를 얻을 수 있기라도 하다는 듯이 서로에게 소리를 질러댔다. 민영은행 조합원은 그사이에 다시 돌아와, 유일하게 자기 자리를 지키며 조용히 울고 있었다. 목에 밍크 목도리를 두르고 팔에 금팔찌를 낀 한 여인이 펄펄 뛰고 있는 두 남자를 진정시키기 위해 자신의 남편과 애인이기도 한 두 사람 사이에 끼어들었다가 얼굴을 엄청나게 세게 두드려 맞고 의자 위로 날아갔다가 식탁 아래로 떨어졌다. 그녀의 남편과 애인 둘 중 누가 그녀를 때렸는지는 알 수 없었다. 어쩌면 두 사람 모두가 때렸을 수도 있다. 어쨌든 두 사람 모두 미안하다고 중얼거리면서 그녀를 다시 일으켜 세우려고 했지만, 그녀는 부축을 거절하고 식탁 아래서 소리를 질러댔다. "너희 둘 다 보잘것없는 물건을 가지고 있잖아. 둘이 아주 똑같아. 그래, 여기 있는 사람들 모두 다 들으라지. 두 사람 다 나를 만족시켜 준 일이 없어. 단 한 번도 없어."— 그녀는 식탁 아래서 기어 나와, 덜그럭거리는 팔찌 소리와 함께 코피를 흘리면서 뛰쳐나가버렸다. 그녀의 뒤로 밍크가 질질 끌렸다.— 그것은 다른 모두에게도 이곳에서 흩어져야 한다는 신호가 되었다. 그들은 좁은 문 사이로 비집고 나가 서로를 추월해가면서 바깥으로 도망쳤다. 그들의 소음은 점점 멀어졌고, 마침내 폭발 직후와 같은 고요가 찾아왔다. 파리 한 마리가 창가에서 윙윙대고 있었다. 어머니는 혼자 식탁에 앉은 채 뒤집어진 잔, 깨진 그릇 조각들, 레드와인 자국과 피를 바라보았다. 파리 한 마리가 윙윙대다가, 멈췄다가, 다시 윙윙댔다. 마침내 어머니는 한숨을 쉬고 일어나 몸을 돌렸다. 홀의 한쪽 벽을 따라 기다란 식탁에 10명 내지 20명의 손님들이 검은 옷을 입고 미동도 하지 않은 채 조용히 앉아 있었다. 그들의 얼굴은 붉다 못해 검었고, 머리는 숲 같았고, 입술은 두툼했다. 손 대신 동물의 앞발을 가진 한 무리의 거인들이었다. 아이들도 마찬가지였다. 어머니는 그 기이한 손님들을 바라보았고, 그들 또한 커다랗게 뜬 눈으로 그녀를 마주 바라보았다. 한참 동안 누구도 움직이지 않았다. 하지만 그 괴물들 중에서 가장 덩치가 크고 진정한 할아버지처럼 보이는 이가 갑자기 자리에서 일어나 어머니에게 다가오더니 두 팔을 벌리며 이탈리아어로 외쳤다. "여길 좀 보라구! 클라라! 작은 클라라!"
—그들은 울티모의 형제들과 막내 여동생이었다. 거기에 여동생의 남편, 형제들의 부인들, 아이들과 손자들까지 왔다. 몇몇 먼 사촌과 조카들도 왔고, 울티모와 친척 관계인지 아닌지 알 수 없는 사람도 몇 있었다. 울티모가 살아 있는 동안 한번도 그들을 방문한 적이 없었음에도 불구하고, 모두 고인과 작별을 하고 싶었던 것이다. "이리 와, 치아리나, 앉아봐!" 그리하여 어머니는 삼촌 옆에 자리를 잡고 앉았다. 이제 모두들 동시에 이야기하기 시작했다. 심지어는 아이들

도 돌들이 산비탈로 굴러 내리는 것 같은 목소리를 갖고 있었다. 어머니는 대답하려고 애쓰던 중에 자신이 이탈리아어를 할 줄 안다는 것을 깨닫고 행복해졌다. "사랑하는 고모! 더욱 사랑하는 삼촌!" 그녀는 수다를 떨기 시작했다. "아, 세상에, 내가 그걸 알았더라면, 나의 인생! 슬픔! 눈물! 고난!" 점점 용기가 생긴 그녀는 '마가리magari(소망)'이라는 말도 써보고 '둔퀘dunque(그래서)'라는 말도 넣어봤다. 이제는 모두들 그녀를 향해 몸을 돌린 채 그녀가 말하는 것을 듣고 있었다. 오, 세상에, 이것은 그녀의 핏줄이었던 것이다! 이 산 거인들 사이에 앉아 있는 동안 그녀는 점점 더 보호받는다는 느낌을 가졌고, 점점 더 작아졌다. 그래도 된다는 느낌이었다. 그녀는 클라라, 작은 클라라였으니까. 그들은 자정을 한참 넘긴 후 식당을 떠났는데, 계산서의 비용은 어머니에게 남아 있던 돈 전부를 집어삼키는 액수였다. 모두들 웃으며 함께 소리를 질러댔고, 서로 한 번 더 포옹하고 또다시 포옹했다. 헤어지면서도 새로운 기억을 이야기하고, 마지막 작별의 유머를 던졌다. 그냥 재미로 함께 왔던, 울티모에 대해 전혀 기억하지 못하는 사람들도 마찬가지였다. 어머니는 다시 찾은 가족의 마지막 한 사람이 멀리 구 도시의 골목 안으로 사라질 때까지 손을 흔들었다. 그들의 시끄러운 웃음소리는 그 후에도 한참 동안 더 들려왔다. 그리고 그녀는 빈집으로 돌아왔다. 침대 속으로 몸을 던지며 내일 아침엔 처음으로 늦잠을 자야겠다고 결심했다. 정오까지, 아니 더 늦게까지! 그녀는 삼촌들과 고모에게 즉시, 모레가 되기 전에, 늦어도 봄에는 울티모가 태어났던 돌집을 보기 위해 도모도솔라의 농장에 가겠다고 약속했었다.

그 후 몇 주 동안, 아니 몇 달 동안이나 어머니는 여러 가지 일들을 처리했다. 쓰러진 관상용 야자나무를 바로 세우고 마지막 아침 식사용 식기를 설거지하는 등 집을 청소했고, 아버지가 모든 수입과 지출을 신중한 필체로 기록해둔 책자들을 이해하고 검토했다. 증권들을 찾아내어 정리했고, 아버지가 거래했던 은행들을 알아냈고, 상속 담당 관청을 찾아가고, 기계공장의 사장과 아버지의 죽음과 관련한 재정 문제에 대해 이야기를 나눴다. 그런데,계약에 의하면 그가 사망한 후 회사는 더 이상 돈을 지불할 의무가 없다고 했다. 그녀는 또한 지불되지 않은 계산서들도 해결했다. 물론 아버지에게 빚은 없었다. 그는 양심적인 사람이었으니까. 하지만 피아트 승용차의 새 타이어 대금이 아직 지불되지 않았고, 1919년산 무통 로칠드 와인 48병 값도 지불해야 했다. 아버지가 자기 고향에 대해 신의를 지키지 않은 것은 이것이 처음이었다.— 물론 그 일들 외에 관현악단의 일도 있었다. 마침 그때 시에서는 모차르트 기념 주간이 진행 중이었다. 청년 관현악단은 새로운 영역에 도전하여 「KV 134」「KV 320e」「KV 611」과 같이 당시까지 적어도 그 도시에서는 알려지지 않았던 작품들을 연주했다. 모두 초연이었다. (훗날 에트빈은 그때까지 시에서 한번도 연주된 적이 없는 「이도메네오」를 리자 델라 카사,[36] 에른스트 해플리거,[37] 폴 산도즈 등과의 협연 형태로 지휘하게 되었다. 하지만 그것은 아주 한참 후의 일이었고, 그 연주는 관현악단의 최고 성공작에 속하게 되었다. 그사이 에트빈은 모차르트 전문가로 성장해 있었다. 물론 그는 여전히 모두에게 잘 알려진 인기곡들은 자신의 연주회에 포함시키지 않았다. 그래서 「주피터 교향곡」 「KV 491」 「피가로 서곡」 등은 연주하지 않았다. 「교향곡 G단조」 또한 절대 자신의 프로그램에 넣지 않았다. 하지만 그 작품을 너무나 사랑하게 된 나머지 아직 억만장자가 되기 전이었는데도, 그 악보 원본을 구입해버렸다. 그것은 믿기 어려운 행복이었고, 일생일대의 기회였으며, 굉장히 많은 돈이 들어가는 일이기도 했다.) — 그리하여 어머니는 정신없이 일을 했다. 연습 전에는 난방이 제대로 되고 있는지, 소음을 내지는 않는지를 점검했고, 의자를 똑바로 옮겨놓고, 차를 끓여두는 등 온갖 일을 해냈다. 정신없이 바쁜 시간이었고, 어찌 보면 행복하다고도 할 수 있는 시간이었다. 흥행에 성공하고, 많은 박수를 받고, 새로운 사람들이 많이 등장한 시기였기 때문이다. 젊은 루돌프 제르킨[38]은 초기의 피아노 협주곡인 「KV 175」와 「KV 246」 두 곡을 연주했다. 어머니는 마치 꿈속에 있는 것 같았다. 보면서도 보지 못했고, 들으면서도 듣지 못했고, 느끼면서도 아무 느낌이 없었다. — 모든 서류들을 검토하고, 아버지의 은행 대리인 모두와 면담하고, 아버지의 책상에 앉아 모든 숫자를 더해보고, 다시 한 번 더해보고, 재차 더해보았을 때, 갑작스러운 충격이 그녀의 심장을 엄습했다. 그녀는 벌떡 일어나 창문을 열고 차가운 가을 공기를 급히 들이마셨다. 열 번 혹은 스무 번의 심호흡을 하고서야 그녀는 이해할 수 있었다. 그녀는 가난해진 것이다. 가진 돈이 없었다. 단 한 푼도 없는 것이나 마찬가지였다. 그녀는 이제 스물네 살이었고, 할 줄 아는 게 없었으며, 예쁜 아가씨로서 그동안 돈 없이 살아본 적이 없었다. 은행 계좌에는 아버지의 마지막 봉급만이 남아 있었다. 포드, 메커니컬 아이언스 사, 화이트 소잉 머신의 주식, 그리고 역시 백 퍼센트 안정적인 것으로 여겨졌던 다른 회사들의 주식은 완전히 가치를 상실해버렸다.— 아직 자동차와 집은 남아 있었다. 하지만 피아트 승용차는 이제 더 이상 신제품이 아니었기 때문에, 아버지 친구가 1천5백 프랑에 그 차를 인수했을 때 그녀는 그것을 다행스럽게 여겨야 했다. 집 상황은 더 열악했다. 그녀는 집값이 바닥으로 떨어진 기회를 이용하여 집을 구입하는 것은 소수의 전문 부동산업자들뿐이고, 다른 사람들은 모두 자신과 마찬가지로 돈이 없는 상태라는 사실을 금세 깨닫게 되었다. 집에는 15만 프랑의 저당이 잡혀 있었는데, 자라친 운트 로하트 사의 자라친 사무소 업자가 정확히 그 액수를 제시했다. 15만 빼기 15만은 영(0)이었다. 그녀는 이자를 갚을 능력이 안 되었기 때문에 집을 거저 내주고 말았다.— 그 기간 내내 그녀는 에트빈을 거의 보지 못했다. 그 이유는 알 수 없었지만, 기껏해야 사무실에서 두세 번 보거나 연습 때 보았고 그 외에는 전혀 기회가 없었다. 그녀는 생각해야 할 일이 너무 많았기 때문에 에트빈에 대해서는 생각할 틈이 거의 없었다. 사실은 전혀 생각하지 못했다. 한번은 그에 대한 꿈을 꾼 일이 있었다. 어쩌면 그녀의 아버지에 대한 꿈이었는지도 모른다. 그는 커다란 말이었는데 그녀의 뒤를 따라오면서도 그녀에게 닿지는 못하고 있었다. 그런데도 그녀는 마치 쫓기듯이 도망을 쳤고, 얼음이 얼어 있는 평원 위로 미끄러져 갔다. 계속해서 미끄러지던 그녀는 빙판 위에서 잡을 만한 것을 찾다가 결국엔 커다란 구멍 속으로 빠져버렸다. 에스키모들이 바다표범을 잡기 위해 얼음을 깨뜨려 만든 것처럼 생긴 구멍이었다. 그녀는 담청색의 물속으로 가라앉았다. 그녀는 멀리 저 위에서 에트빈이 얼음 구멍 틈으로 자신을 내려다보고 있는 것을 보았다. 그녀는 가라앉으면서 그를 향해 한 손을 높이 뻗었다. 그는 미동도 하지 않았다. 잠에서 깬 그녀는 다시 한 번 몸을 떨었다. 자라친 업자에게 집을 넘긴 날, 그녀는 사무실 안에 있는 에트빈을 보았다. 그는 그녀에게 제대로 인사를 건네지도 않은 채 정기회원 목록을 이리저리 넘겨보는 중이었다. 그녀는 자신의 책상 앞에 앉은 후 이렇게 말했다. "방이 하나 필요해요. 싼 걸루요." 에트빈이 고개를 들더니 말했다. "마침 내 방이 비는데."

"당신 방이요?"

"내가 이리저리 계산을 한번 해봤지. 시로부터 모차르트 연주회 대금을 꽤 많이 받게 될 거요. 그리고 연말까지 다섯 번의 객원 지휘를 하게 되고. 강가에 집을 하나 얻었다오. 방이 세 개이고 강 쪽으로 발코니도 있지. 정말 멋진 집이오. 당신도 보게 될 거요."

어머니는 당황하여 숨을 삼켰다. 다음 연주회를 위한 포스터의 견본을 뚫어지게 바라보는 그녀의 눈앞에서 글자들이 춤을 추고 있었다. 잠시 후 그녀가 말했다. "내가 그 방에 들어갈게요."

그리하여 어머니가 삼촌들, 고모, 그리고 다른 모든 친척들을 방문하겠다고 했던 약속을 지킬 수 있게 된 것은 봄이 만개한 5월 무렵이었다. 하지만 그녀가 아버지로부터 물려받은, 쉬브레타와 다니엘리 같은 호텔의 스티커가 덕지덕지 붙은 작은 가죽 트렁크를 들고 역으로 가던 날엔 비가 폭포수처럼 쏟아졌다. 그녀는 3등칸에 탔다. 베른에서 갈아탈 때도 계속해서 비가 쏟아졌고, 브릭의 역 구내식당에 앉아 도모도솔라로 가는 다음 열차를 기다리고 있을 때는 정말이지 하늘에서 대홍수가 쏟아지는 듯했다. 기차는 증기를 토해내는 소형 궤도차에 더 가까운 아주 작은 증기기관차 한 칸과 이탈리아 국영 철도차량 두 칸으로 이루어져 있었다. 문은 각 칸마다 따로 있었다. 차표 검사는 역에서 승차할 때 이루어졌는데, 검표원 한 사람이 몇몇 승객이 엄청난 폭우를 뚫고 기차를 향해 힘겹게 다가오는 모습을 별 감흥 없이 무표정하게 바라보는 것으로 끝이었다. 어머니는 물을 뚝뚝 흘리며 기차 안에 앉아 있었다. 객차 안에는 그녀와 마찬가지로 흠씬 젖은 신부 한 사람이 앉아 있었는데, 그는 처음엔 성경을 읽는 체하고 있었지만 얼마 후엔 열기와 젖은 신부복 때문에 온몸에서 김만 뿜어대고 있었다. 어머니의 옷에서도 하얀 김이 솟아올랐다. 마침내 기차가 덜컹거리며 출발하더니 터널 속으로 들어갔다. 빛은 보이지 않았다. 밖에 띄엄띄엄 있는 램프의 불빛이 잠깐씩 반사되어 비칠 뿐이었다. 터널 맞은편에 도착해 밖으로 나왔을 때 태양이 눈이 부시도록 너무나 환하게 빛나서, 어머니는 자신의 두 눈이 불타는 것 같다고 느꼈다. 승강장에 오르니 구름이 눈앞을 가린 듯 앞이 보이지 않았다. 아무것도 보이진 않았지만, 이글거리는 태양빛이 피부에 느껴졌고, 그녀는 새로운 공기를 들이마셨다. 그때 밝은 빛들 사이로 어디에선가 "클라라!" 하고 자신의 이름을 부르는 소리가 들렸다. 그 목소리는 마치 열대지방의 새가 부르기라도 하는 듯한 가성이었다. 활활 타오르는 빛들 사이로 그녀는 서서히 둘째 삼촌을 알아볼 수 있었다. 지나치게 큰 저고리를 입은 난쟁이처럼 보이는 그는 세관의 차단기 뒤에서 폴짝폴짝 뛰고 있었다. 그녀는 그의 품으로 뛰어들었다. 삼촌은 너무 작고 가냘퍼서 그의 얼굴이 그녀의 가슴 사이로 묻혀버렸고 그의 두 팔은 그녀를 제대로 감싸안지도 못했다. 그럼에도 불구하고 그는 그녀를 꽉 껴안고 눌러댔기 때문에 그녀는 갈비뼈가 다 부러지는 줄 알았다. "아이, 삼촌! 천천히, 천천히요!" 작은삼촌은 그녀를 놓아주고 심호흡을 했다. 그의 머리는 시뻘게져 있었다. 그는 웃으며 그녀의 트렁크를 번쩍 들고 갔다. 트렁크의 무게 때문에 몸을 한쪽으로 기울인 채 어깨 너머로 이야기를 계속하며 새 피아트 화물차로 갔다. 차의 덮개에는 뒷발로 일어선 채 앞발로는 포도송이를 붙잡고 있는 사자 두 마리가 그려져 있었다. 그 아래엔 커다란 붉은 글씨로 '몰리나리 와인'이라고 씌어 있었다. "나귀들의 시대는 갔어! 마차라면 지긋지긋해!" 어머니는 삼촌 옆자리에 앉았다. 삼촌은 운전대를 잡기가 어려워 방석 위에 앉아 있었다. 그들은 텅 빈 거리를 달려 내려갔다. 그 신부 한 사람만이 증기로 후광을 그리며 어느 교회를 향해 힘겹게 걸어가고 있었다.— 삼촌은 계속해서 말을 했다. 끊임없이 웃고 말했다. 어머니는 단 한마디도 알아들을 수가 없어서 삼촌에게 말을 했다. 하지만 삼촌은 똑같은 소음을 다시 한 번, 더 크게 반복할 뿐이었다. 그러고는 요란하게 한 번 더 웃었다. 그래서 어머니는 삼촌이 떠들도록 내버려두고 창밖을 내다보았다. 삼촌은 자신의 유머에 스스로 매우 즐거워했다. 그들은 포플러나무와 과일나무 숲, 그리고 점점 더 좁아지는 좌우의 암벽 사이를 달려 몇 분 후에는 돌무더기로 지은 집 앞에서 멈췄다. 그 집은 주변의 돌덩어리들과 잘 구분이 되지 않아서 어머니는 작은삼촌이 문을 열어젖힐 때까지 알아보지 못했다. 이곳이 바로 울티모가 태어난 곳이었다. 어머니는 입구에 선 채로 어찌할 바 모르는 눈길로 케케묵은 잡동사니, 빈 병, 포장상자, 부서진 술통, 곡괭이, 납 양동이, 거미줄 등을 바라보았다. 빛은 들지 않았고 공기는 탁했다. 발 하나 들여놓을 공간도 없었기 때문에 어머니는 즉시 삼촌을 향해 다시 몸을 돌렸다. 그는 정말로 아무 말 없이 조용히 그녀 뒤에 서 있었다. 하지만 곧 다시 행동을 개시해서 그녀를 이끌고 밤나무 아래의 담쟁이덩굴로 뒤덮인 작은 봉분 앞으로 데리고 갔다. 그리고 이야기를 하나 해주면서, 재미있다는 듯 연신 낄낄댔다. 그것이 그 검둥이의 묘지라는 것까지는 그녀도 이해했다. 하지만 뭐가 그렇게 재미있다는 건지, 삼촌이 요점을 세 번이나, 그것도 마지막엔 소리를 지르면서 반복해줬는데도 알아들을 수가 없었다. 그러니까 검둥이가 사랑을 나누다가 죽었다는 것, 죽음 속의 생산, 누군들 그런 운명을 소망하지 않겠느냐는 요지의 이야기였다.— 묘 옆에는 또 하나의 묘가 있었다. 삼촌은 그 묘는 보지 못한 것처럼 행동했다.— 그 돌무더기 집이 그들의 목적지가 아닌 것은 분명했다. 어머니는 온 집안이 여전히 그 집에서 살고 있을 것이라고 생각했었다. 그런데 아니었다. 작은삼촌은 화물차를 돌렸다. 그들은 왔던 길을 되돌아갔다. 먼저 언덕을 내려가서 평원으로 접어든 후 한참을 계속해서 달렸다. 마지막엔 교회와 성채가 있는 언덕들이 나타났다. 사실 그 구간은 비록 방향은 정반대였지만, 과거에 검둥이가 걸어서 지나갔던 길과 상당 부분 겹쳤다. 그때와 같은 마을에서는 여전히 개들이 짖어대고 있었다!

죽음이 임박한 그 남자가 지나갔던 옥수수 밭과 비슷한 밭들이 있었다! 포도원도 있었다! 심지어는 소가 끄는 수레도 아직 여기저기 보였다! 진정한 순례 여행이었다.—약 두 시간을 더 달리는 동안 삼촌은 1초도 쉬지 않고 수다를 떨었다. 그러다가 너무나 갑자기 국도를 벗어나 방향을 바꾸는 바람에 어머니는 빽빽한 나무딸기와 나무줄기들의 덤불에 부딪히는 줄 알고 깜짝 놀라 공포의 비명을 질렀다. 하지만 그곳에 갈라진 틈이 있었다. 덤불숲 사이로 수레가 지나다닌 자국이 보였다. 나뭇가지들이 차체의 양측을 긁어댔다. 덩굴식물의 이파리들이 방풍 유리를 가려 밖이 거의 보이지 않았다. 하지만 그들은 흰색 돌문을 통과하며 앞으로 나갔다. 그곳은 여러 개의 기둥 사이사이로 덤불들이 우거져 있는 로마식 장벽의 폐허였다. 이제 엔진 소리는 거의 들리지 않았고 그들은 장미, 히아신스, 참제비고깔, 협죽도, 부겐빌레아 꽃들 사이를 지나갔다. 넓고 푸른 하늘이 펼쳐지고, 연꽃으로 가득한 작은 호수가 나타났다. 잠자리들이 윙윙거렸고 나비들이 어지러이 날아다녔다. 새들이 사방에서 지저귀고 있었다. 심지어 꾀꼬리와 도요새까지 보였다! 공기는 마치 세상이 창조되던 날의 공기 같았다. 그들은 수없이 많은 창문이 나 있는 궁궐 같은 집 앞에 도착했다, 아니 오래된 수도원 같기도 했다. 실제로 그 건물의 일부는 거대한 탑이 딸린 교회였다. 곧바로 모든 문들이 열리면서 곱슬머리와 두껍게 부푼 입술, 그리고 그을린 가죽 같은 피부를 가진 괴수들이 쏟아져 나왔다. 그들은 바로 고모, 셋째 삼촌, 숙모들, 사촌들, 조카들, 그 아이들, 아이의 아이들이었고, 울티모와 친척 관계인지 아닌지도 모르면서 장례식에 왔던 사람들도 모두 함께 있었다. 하인들은 주인들보다도 더 기쁘다는 듯이 거칠게 춤을 춰댔고, 다른 이들도 그들과 마찬가지로 모자를 공중에 던져 올렸다. 모든 사람들이 어머니를 여러 번 포옹하고 키스했다. 하지만 갑자기 모두가 잠잠해지더니 모든 동작을 멈췄다. 어머니는 심한 어지러움을 느끼며 자갈길 위에 선 채 자신의 트렁크를 꼭 쥐고 있었다. 음악 소리가 들렸던가? 아무튼 작은 길이 열리더니 그 사이로 큰삼촌이 힘차게, 환한 모습으로, 이번에도 두 팔을 활짝 벌린 채 걸어왔다. "환영한다!" 독일어였다! 그가 어머니를 번쩍 들어 올리는 바람에 그녀는 그의 몸 위에서 트렁크와 함께 버둥거려야 했다. 그녀가 애타게 간청을 한 후에야 그는 그녀를 다시 내려놓았다. 모두들 다시 떠들어댔다. 행복했다! 정말 멋졌다. 큰삼촌은 어머니를 이끌고 집 안으로 데려갔고, 그녀는 아무런 의지 없이 고분고분히 따라갔다. 그녀는 과거에 수도사의 거처였던 방을 얻었다. 하지만 십자가는 어디에도 보이지 않았다. 대신 침대, 낡은 사기그릇이 놓여 있는 세면대, 옷장이 있었고, 침대 옆 탁자 위엔 초 한 자루가 세워져 있었다. 창밖에서는 하늘이 빛나고 있었다. 이제 막 태양이 그 하늘로부터 저 멀리 있는 포도원 속으로 가라앉는 중이었다. 제비가 날아갔다. 귀뚜라미 우는 소리가 들렸다. 타오르는 빛

사이로 고양이 한 마리가 나타나 협죽도 사이를 거닐었다.— 나중에 20명의 남자와 여자 모두가 부엌의 기다란 식탁 주위에 앉았다. 부엌은 둥근 천장을 가진 커다란 공간이었는데 냄비와 프라이팬으로 가득 차 있었다. 기름 램프의 불빛에 비친 사람들의 얼굴 속에서 눈과 이가 하얗게 번뜩였다. 그녀의 가족이었다! 어머니는 물론 큰삼촌 옆에 앉아 있었고, 그는 그녀가 굶주리기라도 했다는 듯이 계속해서 그녀의 접시를 음식으로 채웠다. 다른 쪽에는 큰삼촌의 부인이 앉아 있었다. 그와 마찬가지로 그녀 또한 키가 컸지만 날씬했다. 말랐다고 할 수 있을 정도였다. 그녀는 모두가 아직 살아 있는데도 완전히 검정색의 옷을 입고 있었다. 또한 **롬바르다 출신인 그녀**는 말을 할 때 R을 기이하게 긁는 듯이 발음했는데, 그 발음 앞에서는 그녀보다 더 먼 지역에서 온 왕이라고 할지라도 겸손해질 것 같았다. 그들의 권력과 문화에 무엇이 아직도 부족한지를 그 발음이 말해줄 것이기 때문이었다. 맞은편에는 셋째 삼촌이 앉아 있었는데, 끊임없이 입을 열었다 닫았다 하고 있어서 잉어와 약간 닮아 보였다. 고모와 두 삼촌의 부인들은 요리를 했다. 그들이 화덕의 뚜껑을 열거나 쇠꼬챙이로 석쇠를 들어 올릴 때면 불길이 타올랐다. 벽에서는 그들의 그림자가 거인의 것처럼 흔들리고 있었다. 음식은 정말 맛있었고, 큰삼촌이 아무런 레테르도 붙어 있지 않은 불룩한 병으로부터 따라준 와인도 훌륭했다. 어머니까지 포함하여 모두들 떠들고 웃어댔다.— 한참 후 거의 자정이 다

되었을 때, 문이 열리더니 한 젊은이가 급하게 들어왔다. 갈색으로 그을린 피부를 가진 그는 한 손에는 아이스피켈을, 다른 한 손에는 알프스 들장미 한 다발을 쥐고 있었다. 모두들 인사를 건네고 웃음을 터뜨리며 소리를 질렀다. 큰삼촌이 "보리스!"하고 부르더니 성급하게 자리에서 일어서는 바람에 의자가 넘어졌다. "네 엄마가 걱정을 했잖아!"—보리스는 그의 아들이었다. 이날 그는 새로운 노선을 통해 치마 비앙카 산에 올랐다. 한 접시 가득 담긴 폴랜타와 라구 요리를 먹어치우는 동안 그는 자신의 모험에 대해 즐겁게 이야기했다. 돌들이 굴러 떨어지기도 했고, 얼음 위에서 미끄러지기도 했고, 암벽 한가운데 있는데 날씨가 급변하기도 했다는 것이었다! 모두가 그의 말에 귀 기울였다. "보리스!"하고 그의 어머니가 외쳤다. "넌 대단해!"—그가 보리스라는 이름을 얻게 된 것은 큰삼촌이 한때 러시아 것이라면 뭐든지 좋아했었기 때문이다. 어쩌면 고결한 니콜라우스 대제 때문일 수도 있었다. 하지만 사실은 그가 모든 러시아인들을 다스렸던 마지막 지배자의 주구들을 피해 갓 도망쳐온 젊은 여인을 알게 되었기 때문일 가능성이 더 높다. 그녀는 빅토리아 호텔의 주방에서 일했고 페테르부르크 출신이었다.—보리스는 **우울한 표정의 미남**이었는데, 곧바로 어머니의 두 눈을 깊숙이 응시했다. 어머니도 마주 바라보았다. 그는 그녀에게 알프스 들장미를 선물하고는 곧 그녀를 치마 비앙카 산에 데려가주겠다고 약속했다. 평범한 노선으로 갈 거라고 말하면서 그가 미소 지었다. 그 정도의 등반은 둘이서 아침 식사 전에 끝낼 수 있다고 했다.—어머니는 한밤중에 손에 촛불을 들고 수도사의 거처를 더듬어 찾아갔고, 꿈속에서처럼 침대 속으로 가라앉았다.

큰삼촌은 유일하게 목소리가 작았다. 하지만 그가 말을 하면 모두가 귀를 기울였다. 그는 법이었다. 그의 형제들, 그러니까 작은삼촌들은 자신들이 결정을 내릴 필요가 없어서 좋아하는 듯했다. 그들은 혼자 히죽거리면서 이런저런 일을 하거나, 아무 일도 안 하거나 했다. 어쨌든 새벽 6시에 포도원으로 나가고 밤 11시에도 여전히 회계장부를 들여다보는 것은 큰삼촌뿐이었다. 그는 모든 수입과 지출, 모든 미회수금에 대해 항상 꿰고 있었다. 그는 잠자리에 들기 전엔 마지막으로 다음 날 포도원, 창고, 지하실에서 해야 할 작업 계획을 써서 벽에 붙여두었다. 그는 곡물 창고는 잠갔는지, 포도원 승강기엔 기름칠을 해뒀는지 등 모든 것을 살폈다. 부인들은 나름의 방식으로 자신들의 일을 해치웠다. 그는 항상 웃고 다니며 일꾼들과 농담을 주고받았지만 다른 사람들, 특히 작은삼촌들이 일을 빨리 끝내고 싶어 하는 것을 참지 못했다. 그는 두 삼촌에게 거듭 이렇게 말하곤 했다. "10만 리라의 고정 비용이 드는데, 그게 저절로 굴러 들어온다고 생각하나?" 꾸중을 들은 삼촌들은 고개를 끄덕이고는 부엌으로 숨어들어 그라파 브랜디를 한잔 얻어마셨다.—이제 집 앞에는 나귀들이 아닌 자동차들이 서 있었다. 물론 화물차였다. 그리고 필요할 때마다 투입되곤 하는 스코다 한 대가 서 있었다. 언젠가는 돼지 한 마리를 뒷자리에 싣고 날랐던 일도 있었다. 3화음의 경적이 달린 올리브색 재규어는 큰삼촌만이 사용했다. 그 차는 영국산이어서 오른쪽에 핸들이 달려 있었다. 전체 이탈리아에 단 한 대밖에 없는 재규어로 엔진 소리가 너무 조용해서 거의 들리지도 않았다. 큰삼촌은 영국 사람들이 하듯이 차를 운전했다.—그는 짐꾼인 아버지가 나귀들을 몰고 고갯길을 넘어 다닐 때 해마다 아버지와 동행했었다. 아버지는 행렬의 앞, 그러니까 첫번째 나귀 뒤에 자리를 잡았고, 그는 맨 뒤에서 갔다. 여름에는 혀가 입천장에 달라붙었고, 겨울에는 얼굴로 휘몰아치는 눈보라 때문에 몸을 움츠려야 했다. (작은삼촌들은 포기하고 집에 남아 있었다.) 날씨가 좋을 때에는 둘이서 수십 마리의 나귀를 끌고 산을 넘었다. 한번 움직일 때마다 3톤 이상의 짐을 날랐다. 주로 와인이었지만, 과일과 올리브기름도 있었고, 별로 큰 소득을 가져다주지는 않는 알바산 트뤼프 초콜릿도 있었다. 지불은 문서화되지는 않았지만 모두에게 익숙한 계산법에 따라 이루어졌다. 총중량과 거리, 그리고 날씨를 고려한 계산법이었다. 1905년에 심플론 터널이 개통되자 하루아침에 운송할 물건이 없게 되었다. 와인 통 생산자들은 이제 차를 타고 10분이면 산을 넘었다. 골짜기의 짐꾼들은 어머니의 아버지의 아버지만 빼고는 모두 일을 그만뒀다. 매일 아침 그는 아무 일도 없다는 듯이 길을 나섰다. 언제나 큰삼촌이 그를 따랐다. 짐꾼 아버지와는 달리 그는 매일 자기 앞에 가는 짐승들의 숫자가 줄어드는 것을 보았다. 곧 그들은 나귀 한 마리와 마지막 썰매 한 대만을 몰고 물건도 없이 다녔다. (가끔 우유 몇 통, 또는 빈민 수용소로 가는 와인 한 통을 옮길 때도 있었다.) 큰삼촌은 걸음을 옮기면서 짐꾼 아버지의 등을 뚫어지게 바라보았고 머릿속으로 계산을 했다. 이렇게도 계산해보고 저렇게도 계산해봤다. 일의 규모와 수익을 재보고 또 재봤다. 하지만 매번 손해라는 답이 나왔다. 계산을 할 때마다 그랬다. 그들은 고갯길을 거의 다 올라온 참이었는데, 돌풍으로 인해 눈보라가 얼굴을 때렸다. 그때 그가 앞으로 가서 아버지의 귀에 자신의 계산 결과를 큰 소리로 외쳐 알렸다. 그러니까 그냥 집에 있는 것이 더 낫다는 말이었다. 짐꾼은 멈추지도 않고, 뒤돌아보지도 않은 채, 바람을 향해 외쳤다. "내 아버지는 영양과 들소들이 죽을 때까지 그 뒤를 쫓아 달렸다. 나는 죽을 때까지 나귀 뒤를 따라 걸을 거다."— 돌아오는 길에 아까와 거의 비슷한 자리에서 짐꾼은 자신의 아들을 향해 돌아서더니 그를 바라보고는 눈 속으로 쓰러져 죽었다.— 그는 검둥이 옆에 묻혔다. 곧 그들의 무덤 봉분이 너무나 비슷해져서 더 이상 누가 어디에 묻혔는지 알 수 없을 정도였다.— 땔나무 뒤에서 큰삼촌은 지폐로 가득 찬 시가 상자를 발견했다. 리라와 스위스 프랑이 크고 작은 지폐와 동전으로 마구 뒤섞여 있었다. 제국 마르크 지폐도 몇 장 있었고, 스웨덴 10외레 지폐도 한 장 있었다. 적지 않은 돈이었다, 아니 거액이었다. 큰삼촌은 유산을 바지 호주머니에 넣고는 알바와 아스티의 한중간쯤에 있는 피몬트의 포도원을 구입했다. 5헥타르 아니면 6헥타르쯤 되는 넓이에 아주 오래된 포도나무들 사이로 잡초가 무성한 곳이었다. 1년 생산량이 1만 병이 채 안 되었고, 그 내용물은 그 지역 사람들 사이에서는 마실 수 없는 것으로 평가되었다. 북쪽 지역에서도 잘 팔리지 않았다. 농장의 이름은 하필이면 카니[39]였다! 문장에는 뒷발로 일어서서 포도 한 송이를 함께 붙들고 있는 개 두 마리가 그려져 있었다. 그 집은 한때 성 도메니쿠스에게 봉헌된 수도원이었다. 그 농장에서 가장 좋은 와인은 그 성인을 기념하여 산 도메니코라고 했는데, 그 또한 그리 좋은 품질은 아니었다. 하지만 큰삼촌과 다른 이들 모두에게 이 이름은 당연히 짐꾼을 기념하는 것이었다. 삼촌은 제일 먼저 농장의 문장을 개 두 마리에서 사자 두 마리로 고쳐 그리게 했다. 카니는 이제 레오니라는 이름으로 바꿨다. 검둥이의 적들의 신은 여전히 그들에게도 적이었고, 이제는 사자들이 그들을 보호해줄 것이라는 기대에서였다. 그는 새로운 포도나무를 심고, 알려지지 않은 품종을 실험해봤다. 모든 잡초들을 뽑아내고 황산동을 굉장히 많이 뿌린 나머지 그의 밭은 유독 짙은 파란색으로 빛났다. 그는 많은 날들을 실험실 안에서 보냈고 피몬트에서는 최초로 자신의 와인들을 섞어보기도 했다. 당시 와인 변조는 그 지역에서 최악의 죄로 여겨지는 일이었다. 하지만 그의 와인들이 점점 더 좋아졌기 때문에, 그는 땅을 더 구입할 수 있었고, 곧 12헥타르의 밭에서 4만 병을 생산하게 되었다. 이제 수송은 다른 사람들이 맡았다. 그래도 알프스산맥의 저편에 여전히 그의 고객이 많이 있었다. 곧 브릭과 시온의 두 식당 중 한 식당에서는 그의 와인을 마시게 되었다. 그는 그사이 정말 좋은 와인이 된 산 도메니코를 베른과 바젤까지 배달했다. 레오니가 거두어들이는 수익을 삼촌이 리라로 말해줬기 때문에 그 단위가 수백만에 달해 어머니에게 더 큰 놀라움을 주었다. 어머니는 다른 사람들이 일하는 동안 양산을 손에 들고 포도밭을 지나 꽃들 사이로, 무화과나무 아래로, 둥근 지붕의 그늘 아래로 돌아다녔다. 교회 안에 앉아 이런저런 생각에 잠기기도 했고, 한번은 바다까지도 거의 볼 수 있는 탑 위로 올라가보기도 했다. 그녀는 포도원에서 아무 생각이 안 날 때까지 뼈 빠지게 일하고 땀 흘렸으면 좋겠다는 생각을 얼핏 해봤다.—그러고는 백일몽에 빠져 들었다. 저 멀리 그녀의 아래쪽에서 재규어 자동차가 굴러왔다. 삼촌이 내렸다. 작아 보였다. 그녀가 불렀지만, 삼촌은 고개를 들지 않았다. 빠른 걸음으로 집 안으로 들어가버렸다. 그녀는 두 눈을 감았다. 어지러웠다.—그녀는 인생이 아름답다고 느꼈다. 그랬다. 다만 그녀의 기질이 그녀를 장악해버리지만 않는다면.

그녀의 기질. 그녀 안에 내재한 이 수수께끼는 그녀 자신에게도 낯설었다. 정확한 때와 이유는 알 수 없었지만, 그사이 그녀의 기질이란 그녀 안의 모든 것, 머리, 가슴, 배 등이 뜨거워지는 것으로 바뀌었다. 마치 그녀 안의 모든 보호벽이 한순간에 무너져 내리기라도 하듯이, 갑작스러운 열기가 흘러 넘쳤다. 이미 오래전부터 끓어오르는 죽음의 용암을 막아내고 있던 격벽이 무너진 것 같았다. 열기가 그녀 안에서 넘치는 동안 그녀는 휩쓸려 가지 않으려고 의자 팔걸이나 책상 모퉁이를 움켜잡았다. 그녀의 두 손은 활활 타고 있음에도 불구하고 힘을 주는 바람에 하얗게 되었다. 자신을 구하기 위해 그녀는 입술을 꽉 물고 머리를 때렸다. 몇 분인지 몇 시간인지 알 수 없는 시간이 흐르고 나면, 이글이글 타오르던 경악스러움은 다시 그녀의 내부 깊숙한 곳으로 출렁거리며 들어가버렸다. 그녀의 몸이 식으면서 호흡이 차분해졌다, 아니 이제야 다시 숨을 쉬는 것이라고 할 수 있었다. 그녀의 심장은 새로 뛰기 시작했다. 그녀는 얼굴을 씻었다. 그리고 주위를 둘러보았다. 그녀는 아직 자신의 방에 있었다. 푸른색 방수포가 덮인 책상, 세숫대야, 양치용 컵, 구석에 놓인 그녀의 트렁크, 초가 놓여 있는 침대용 탁자, 침대, 그리고 황갈색이 벗겨져가고 있는 옷장, 목자와 개 한 마리가 그려진 낱장 달력.—어머니는 여전히 떨면서 계단을 짚고 집 밖으로 나갔다. 그곳에서는 사촌들이 보치아 경기[40]를 하고 있었다. 그들은 큰 소리로 떠들며 웃어대며, 그녀에게 손을 흔들어 인사했다. 그녀도 미소를 지으려고 애썼다. 태양이 비추고 있었다. 그녀의 등 뒤에서 보치아 공 하나가 다른 공을 맞췄다. 사촌들은 환호했다.

 그 후 그녀가 도시로 돌아왔을 때 그녀는 다시 에트빈과 잤다. 이제 그는 파리에서와는 다른 방식으로 사랑을 했다. 그는 명령을 내렸다. 그는 얼마 전까지 자신의 방이었고 이제는 어머니의 거주지인 그 방에 아무 예고 없이 나타났다. 그는 거기 선 채로 미소를 지으며, 자신의 담배를 침대 옆 탁자 위에 눌러 껐다. 그러고는 어머니에게 침대로 가라고 명령했다. 이제 그는 자신이 어떻게 사랑하고 싶은지를 알고 있었고, 어머니는 그가 원하는 방식대로 그를 사랑했다. 하지만 그녀는 그것을 즐겼다. 그의 강력한 힘을 그녀가 좋아하지 않았다고 할 수는 없다. 그가 오래 머무는 경우는 드물었다. 사실 그런 적은 단 한 번도 없었다. 그는 바지를 입은 후 얇은 입술로 인사 한마디 하지 않고 가버렸다. 그러면 어머니는 당황한 채 자신의 작은 동굴 안에 서서 침대를 바라보고, 에트빈이 허리띠를 풀기 전에 한입에 털어 넣었던 우유나 압생트주 잔을 바라보았다. 그녀는 화장실로 가서 비데로 뒷물을 한 후, 거울을 들여다보며 미소를 지어보려 애썼다. 그러고 나서야 치마를 주워 입고 스타킹을 신은 후 신발에 발을 집어넣었다. 그러고는 담배를 한 대 피우며 창문을 통해 아이들이 놀고 있는 마당을 내다보았다.— 강가에 있는 에트빈의 새집에 어머니는 단 한 번도 가보지 못했다. 언제나 그가 그녀의 집으로 왔다.—그녀는 전과 마찬가지로 청년 관현악단을 위해 일했다. 그사이 정기권을 원하는 사람이 너무나 많아져서, 역사박물관의 모든 좌석은 정기회원들로 채워졌다. 에트빈과 어머니는 할인된 가격으로 최종 리허설을 대중에게 공개하기로 했다. 이 공연 또한 거의 순식간에 가득 차곤 했다.—이제는 수입이 충분히 많아져서 에트빈은 어머니에게 월급을 줄 수 있게 되었다. 많지는 않았지만, 방값과 기본 생활비를 지불할 만한 액수였다. 솔로 연주자들도 이제는 일종의 연주비 비슷한 것을 받았고 작곡가도 작곡료를 받았다. 그러나 관현악단 연주자들은 여전히 돈을 받지 않고 연주했다. 감동에서 오는 행복감이 연주의 대가였다. 에트빈 또한 무료로 지휘했다. 이제 스물여섯 살인 그는 어느덧 음악계에서 인정받는 인물이 되어, 빈터투어, 제네바, 뮌헨에서의 지휘로 돈을 벌었다. 보르도에서는 심포니 오케스트라와 연 4회 연주의 고정 계약을 맺었다. 그곳에서는 반드시 베토벤과 멘델스존의 곡도 집어넣었다. 한번은 슈투트가르트 오페라극장에서 「펠레아스와 멜리장드」를 공연할 때 대리 지휘를 하기도 했다. 그는 전화로 급한 요청을 받고 곧장 기차에 올라탄 후 세 시간 후에 바로 지휘대에 설 수 있었는데, 그가 어떤 이유로, 어떻게 해서 그 악보를 그렇게 줄줄 꿰고 있는지 아무도 알지 못했다. 마지막에 그가 무대 위에서 몸을 숙였을 땐 솔로 연주자들까지도 박수를 쳤다. 오직 그만이 우울한 얼굴을 하고 있었다.—그에게는 베르너라는 친구가 생겼는데, 에트빈은 그를 베른이라고 불렀고 나중에는 어머니도 그렇게 불렀다. 베른은 공처럼 보였다. 항상 담배 하나가 꽂혀 있는 빨간 머리를 가진 공 같았다. 그는 시가를 빨기만 할 때가 많았다. 너무 빨아댄 바람에 막상 불을 붙이려 할 때면 시가가 축축해져서 부서져버리곤 했다. 그는 화학자였는데, 숙주 식물을 파괴하지 않고도 진딧물을 없애는 물질을 개발했다. 그의 발명은 굉장히 성공적이어서 몇 달 후 그의 회사인 '헤미 슐리렌'의 수입은 두 배로 늘었다. 그는 실험실에서 보내는 시간이 점점 줄었고 대신 여행을 더 많이 하게 되었다. 처음에는 이탈리아, 다음에는 스페인, 한번은 모로코까지도 다녀왔다. 곳곳에서 그는 자신의 기적의 물질을 소개했다. 몇 주 동안 여행 중일 때도 있었다. 하지만 여행 중이 아닐 때면 그와 에트빈은 항상 함께 붙어 있었다. 그들은 강가의 연기 자욱한 술집인 '바오밥'에 앉아 이야기를 나눴다. 그리고 술을 마시며 담배를 피웠다. 그 말은 베른이 술을 마시며 담배를 피웠다는 의미이다. 에트빈은 술을 마시지 않았지만 언제나 점점 더 거나해지곤 했다. 때때로 어머니도 와서 에트빈 옆에 앉았지만 그는 거의 알아채지 못했다. 하지만 어쨌든 그의 애인인 그녀는 거기 앉아 마시고, 담배 피우고 침묵했다. 에트빈을 진지하게 바라보고 베른이 웃을 때면 미소를 지었다. 가끔씩 그녀도 뭔가를 말했지만, 에트빈과 베른은 여자의 목소리에는 귀를 기울이지 않았다. 이 높은 주파수의 진동이 그들에게 알려주고 있는 사실은 지금 얘기되고 있는 내용이 별로 중요하지 않다는 것이었다. 그렇다면 귀 기울여 들을 이유가 무엇이겠는가?—하지만 어머니는 뭔가 중요하게 할 얘기가 있었다. 그리하여 베른이 화장실에 간 틈에 그녀가 그것을 말했다. 그러니까 그녀가 임신을 했다는 것이었다. 그녀는 기뻐하고 싶지만, 그래도 되는지 알 수 없다고 했다. 아버지인 에트빈도 기뻐할 수 있겠는지를 물었다. 실제로 에트빈은 어머니가 말하고 있는 것이 무슨 내용인지를 이해하자 굳어져버렸고, 전혀 기뻐하지 않았다. 그가 중얼거리듯 말했다. "임신이라고? 언제부터?" 그는 베른의 잔을 집어 들더니 다 마셔버렸다.—화장실에서 베른이 돌아왔고, 그 앞에서는 비밀이 없었기 때문에 그도 이야기를 전해 들었는데, 이야기를 듣고 난 그는 자신도 에트빈과 같은 생각이라고 말했다. 지금 이곳에서 아이가 세상에 나온다는 것은 불행한 일이라는 것이었다. 아이는 에트빈의 인생은 말할 것도 없고, 어머니의 인생도 파괴할 것이라고 했다. 에트빈은 턱에 힘을 주고 있었고, 베른의 머리는 벌개졌고, 어머니는 자신의 무릎을 응시하고 있었다. 그때 우연히 자리에 합류한 첼로 연주자조차도 어머니의 어깨에 팔을 두르며 이렇게 말했다. "낳지 마, 클라라. 그게 나아. 내 말대로 해."—그리하여 며칠 후 어머니는 첼로 연주자와 함께 호수 바로 옆 로젠하인의 의사에게 갔다. 에트빈이 그 만남을 주선했다. 7시가 지난 저녁 무렵이었다. 의사는 혼자 있었다. 간호조무사도 옆에 없었다. 그는 매우 친절하고 정확했으며, 어머니에게 진찰용 의자 위에 앉으라고 했다. 첼로 연주자가 어머니의 손을 잡아줬다. 그 후 두 사람은 집으로 왔다. 예전에는 에트빈의 집이었고, 방금 살해된 아이가 만들어졌던 바로 그 방이었다. 첼로 연주자는 어머니가 침대에 눕도록 도와주고 그녀에게 키스해준 후, 무슨 일이 생기면 전화하라고 말했다. 한밤중이어도 괜찮다고 했다. "약속하지?" 어머니는 전화가 없었지만, 고개를 끄덕였다. 그녀는 두 시간 동안 천장을 올려다보다가 잠이 들었다.— 베른은 음악에 대해 많이 알고 있었다. 어떤 부분에 대해서는 에트빈보다 더 많이 알았다. (그는 독학으로 공부했고 절대음감을 소유하고 있었다.) 그는 민속음악에 열광했다. 수프 접시 속에서 회전하는 5프랑 동전이나 알프스 호른 같은 것도 굉장히 좋아하긴 했지만 꼭 고향의 음악에 관심을 가진 것은 아니었다. 오히려 그보다는 먼 곳의 음악들, 스페인이나 아랍 또는 발칸 지역의 음악을 좋아했다. 불가리아 여인의 음성이면 그를 미치게 할 수도 있었다. 그는 자주 연습에 왔는데, 외부인으로서 그런 자격을 허락받은 유일한 인물이었다. 에트빈은 친구에게 그라면 아다지오의 시작 부분을 어떻게 하겠는지를 물었다. 더 느리게, 지금보다 더 느리게? 누구에게도 조언을 구하지 않는 에트빈이 아니었던가!— 그렇다고 그들이 음악에 대해서만 얘기를 나눴던 것은 아니었다. 그들은 점점 더 대중의 비참한 삶에 대한 이야기를 많이 나누었다. 대중 독재만이 모두의 불행을 행복으로 변화시킬 유일한 수단이라고 결론을 내렸다. 그런 주제에 대한 이야기를 시작한 것은 베른이었을 것이다. 하지만 에트빈도 곧 그 주제에 대해 적어도 그와 비슷한 정도의 열의를 갖게 되었다. 종종 두 사람은 동시에 말을 하기도 했는데, 에트빈은 상기된 얼굴로, 베른은 거의 푸르죽죽한 얼굴로 목소리를 높이는 바람에 다른 손님들이 말을 멈추고 두 사람의 이야기에 귀를 기울이곤 했다. 어머니는 마치 아무 일도 없었다는 듯이 다시 탁자에 앉아 있었고, 살면서 처음으로 마르크스, 엥겔스, 레닌, 트로츠키라는 이름을 들었다. 스탈린이란 이름도 나왔다! 언젠가, 아니 매일 저녁 에트빈은 자신의 친구를 향해 오늘날의 부당한 현실을 끝낼 수 있는 것은 오직 모든 사람들의 평등뿐이라고 거듭 소리를 질러댔다. 마치 억압받는 사람들의 고통이 그의 잘못 때문이기라도 한 듯이. 그러면서 자리에서 일어나, 씩씩거리며 검지로 베른의 가슴을 찔러댔다. 그러고는 베른에게 지금 이 나라에서도, 소위 민주주의 국가라는 스위스에서도, 5퍼센트 미만의 국민이 국가 재산의 60퍼센트를 소유하고 있다는 것을 도대체 알고나 있느냐고 물었다. 그는 고개를 끄덕였다. 그게 옳으냐고 물었다. 베른은 계속해서 고개를 끄덕이다가, 다시 고개를 가로저었다. 에트빈이 베른을 일으켜 세우자 불붙이지 않은 시가가 그의 입에서 떨어졌다. 그는 또 물었다. 총파업 동안 지배계층이 민병대의 앞잡이들을 매수하여 그들의 권리를 위해 투쟁하는 동지들을 향해 총을 쏘도록 했던 사실을, 그래서 사람들이 죽었던, 죽기까지 했던 사건을 기억하지 못하느냐고. 그는 베른을 놓아준 후 다시 한 번 씩씩거리고는 자리에 앉았다. 술집의 손님들이 박수갈채를 보냈다. 베른은 웃으며 시가를 뜯어서 다시 입에 물었다. 어머니는 계속 앉아 있었다.— 종종 그들은 가게가 문을 닫기 전에 역 뒤의 술집인 '티치노'에 가서 마지막으로 와인 한 잔씩을 마셨다. 이때는 에트빈도 한 모금 마셨다. 가끔 손님들은 조금은 술이 취한 상태에서 「인터내셔널가」를 부르기도 했다. 남녀 모두 함께 일어서서 더 나은 미래를 염원하는 마음으로 두 눈을 반짝였다. 그들의 눈빛은 정말 인상적이었! 이때는 어머니도 일어서서 노래를 했다. 그리고 옆에 앉은 사람들의 손을 잡았다. 그녀의 가슴은 뛰었다. 이제 사라진 아기에 대한 생각은 거의 하지 않았다, 아니 전혀 하지 않았다. 술집 주인이 제일 큰 소리로 노래를 불렀다.

얼마 후 벨러 버르토크가 처음으로 그 도시에 왔다. 첫번째 연주회 때 그의 「조곡 4번」을 연주했었고, 「알레그로 바르바로」를 당대의 대표적 작품으로 여기는 에트빈이 무어라도 좋으니 새로운 작품을 하나 얻어서 가능하면 초연을 하고 싶다는 가냘픈 희망을 담아서 부다페스트에 있는 그에게 편지를 썼었다. 그랬더니 거의 즉시 「제2피아노 협주곡」이라는 멋진 작품이 왔을 뿐 아니라, 벨러 버르토크 자신이 부인과 함께 도착했다. 그가 자신의 협주곡을 직접 연주하고 싶어 했던 것이다! 어머니는 언제나처럼 역에 나갔다. 하지만 이번에는 에트빈도 함께였다. 그는 흥분하여 승강장을 오르락내리락했다. 마침내 부다페스트발 열차가 한 시간 조금 넘게 연착하여 도착했다. 족히 열두어 명쯤 되는 승객들이 잠이 덜 깬 모습으로 기차에서 내렸고, 그들이 갖고 내린 산더미 같은 트렁크를 향해 짐꾼들이 달려들었다. 어머니와 에트빈은 엄청난 힘과 권력을 가진 거인과도 같은 인물을 기대하고 있었다. 하지만 버르토크는 작고 가냘픈 체구의 남자였고, 그들은 하마터면 그를 알아보지 못하고 그냥 지나칠 뻔했다. 적극적인 성격을 가진 그의 부인이 에트빈을 향해 이국적인 억양으로 "애트빈 씨?" 하며 말을 걸었기에 겨우 알아볼 수 있었다. 에트빈은 평소와는 달리 몹시 당황하여 말을 더듬었고, 어머니를 소개하는 것도 잊어버렸다. 그래서 어머니는 그 세 사람 뒤를 멍하니 따라가야 했다.— 그녀는 버르토크 부부의 숙소를 춤 슈베르트 호텔로 정했는데, 그것은 청년 관현악단이 지금껏 어떤 작곡가나 솔로 연주자를 위해서도 제공한 적이 없는 수준의 숙소였다. 커다란 침대와 바로크 양식의 가구들이 갖춰져 있는 방은 아주 근사했다. 하지만 버르토크는 두통 때문에 창밖에 펼쳐진 호수와 멀리서 빛나고 있는 알프스 산 정상을 향해 눈길 한번 던지지 않았다.— 첫번째 연습 때 버르토크가 마치 학생처럼 집중한 모습으로 피아노 앞에 앉아 있었다. 에트빈은 처음엔 조금 떨었지만 곧 안정을 되찾았다. 버르토크가 말 한마디 없이 자신의 파트를 연주했다. 단 한 번 그가 갑자기 일어서더니 에트빈 옆에 서서 두세 마디의 곡조를 입으로 불렀다. 그러면서 두 손으로 지휘를 했다. 그러고 난 후 관현악단이 그 부분을 다시 한 번 연주했다. 그러자 마치 하늘이 열리는 듯한 음향이 울려 퍼졌다.— 연주회 때 버르토크는 약간 구식의 연미복을 입었다. 그의 연주는 훌륭했고, 관현악단 또한 최고의 기량을 선보였다. 마지막엔 역시 홀의 앞좌석에서 엄청난 환호가 쏟아져나왔다. 하지만 뒷좌석 사람들이 지지 않고 그에 맞서 똑같은 정열로 야유하며 휘파람을 불어댔다. 버르토크는 절하고 또 절하고 반복하여 절하면서 웃었다. 에트빈도 몇 초 동안 미소를 지었다. 버르토크는 먼저 지휘자와 악수한 후, 손이 닿는 모든 연주자들과 악수를 나눴다. 몇몇 사람들과는 여러 번 악수를 하기도 했다. 다시 한 번 인사를 한 그는 마지막으로 자신의 청중들을 모두 포옹하려는 듯이 두 팔을 펼쳤다. 꽃이 전달되었다. 어머니는 꽃도 준비해두었던 것이다! 그녀는 연주자들이 무대로 입장할 때 통과하는 문 뒤에 서 있었는데, 얼굴이 아주 붉게 상기된 채 환하게 빛나고 있었다. 그녀는 이것이 마치 자신의 승리인 것 같은 생각이 들었다. 청년 관현악단 역사상 최고의 연주회를 성사시킨 것은 어느 정도 그녀의 승리이기도 했다. (멀리서 사람들은 여전히 자신들의 집 열쇠를 이용하여 휘파람을 불어대고 있었다.) 그녀는 혼란스러웠고, 감상적이 되었으며, 엄청난 감동을 받았다.— 버르토크와 그의 부인은 계획보다 더 오래 머물러

결국은 거의 일주일 동안 묵었다. 그들은 춤 슈베르트 호텔과 그 도시를 맘에 들어 했다. 비록 버르토크가 연주회 다음 날 벌써 자신의 연주와 작품에 대해 불만을 느끼긴 했지만 말이다. 그는 에트빈에게 2악장의 시작 부분을 새로 쓰겠다고 말했다. 에트빈은 처음엔 반대하다가 나중엔 고개를 끄덕였다.—어머니가 계산을 해보니 버르토크 부부가 일요일까지 그곳에 묵을 경우 다음 연주회를 위한 돈이 한 푼도 남지 않는다는 결론이 나왔다. 물론 그들은 일요일까지 그곳에 묵었다. 그리고 그들에게 월요일과 화요일까지 연장해서 묵으라고 요청한 것은 바로 어머니였다. (결국 에트빈은 다음 연주회 프로그램으로 초기 바로크 음악을 선택했다. 새로운 시도였고 큰 성공이었다. 팔레스트리나, 가브리엘리, 바사니, 라우, 프레스코발디의 곡으로, 솔로 연주자도 필요 없고, 상연료를 요구할 작곡가도 없는 곡들이었다.)—이제 어머니는 그들을 벨러와 디타라고 불렀고, 그들은 그녀를 클라라라고 불렀다. 그녀는 그들에게 그 도시의 아름다운 곳들을 안내해줬다. 큰 성당과 작은 성당, 성채와 옛 조합사무소 같은 곳들이었다. 하지만 곧 버르토크가 그녀에게 그들이 함께 방문한 곳들에 대한 설명을 들려줬다. 대성당의 지하실에 안치된 카를 대제의 석상은 왜 그렇게 텁수룩한 수염을 가지고 있는지(그가 한때 하나님과 동일시되었기 때문이라고 한다), 또는 그들이 관람한 집에서 태어났던 그 존경받는 종교개혁가가 어떻게 죽었는지(당시의 정통 신자들이 그의 몸을 4등분한 후 불태웠다고 한다).—버르토크와 그의 부인이 부다페스트행 기차에 오를 때는 에트빈도 다시 그 자리에 있었다. 그날은 수요일이었다. 버르토크는 에트빈과 악수한 후 클라라에게 키스했고, 그의 부인은 그와 반대로 했다. 에트빈과 어머니는 버르토크 부부가 흔드는 손수건이 멀리 기관차의 연기에 가려 보이지 않게 될 때까지 손을 흔들었다. 멀리서 경적 소리가 한 번 더 울리고는 더 이상 아무것도 보이지 않았다. 에트빈은 아주 깊은 생각에 잠긴 채 어머니 곁에서 걸었고, 자신이 살고 있는 골목길로 접어들 때는 작별 인사도 하지 않았다. 어머니는 계속해서 걸어갔다. 버르토크, 어머니는 그의 음악을 사랑했다. 그 후 며칠 동안 어머니의 내면에서는 피아노가 마치 나는 법을 배우기라도 하는 양 현악기들의 연주 위로 노래하던 부분이 계속 들려왔다.

그 후 어머니에게 프랑크푸르트로 함께 여행을 다녀오지 않겠느냐고 물어온 것은 에트빈이 아닌 베른이었다. 하필 그와 같은 시기에 독일로 혼자 여행을 가고 싶지는 않다고 했다. 그는 그녀의 여행 경비를 부담하는 것이 전혀 문제가 되지 않는다고 했다. 어머니는 처음엔 망설였지만 가고 싶은 마음이 커져서 결국엔 에트빈에게 물어봤다. 그는 뭔가 다른 생각에 사로잡혀 있는 듯, 제대로 듣지도 않고 고개를 끄덕였다. "갔다 와, 그냥 갔다 와." 그리하여 그들은 프랑크푸르트로 떠났고, 프랑크푸르터 호프 호텔에 묵었다. 어머니가 호텔 로비를 이리저리 둘러보자 베른은 이렇게 말했다. "좋은 제품을 좋은 가격에 팔고 싶다면 좋은 호텔이 필요하지." 그들은 나란히 붙어 있는 방 두 개를 얻었다. 방 사이엔 연결문이 있었지만, 한번도 사용하지 않았다. 베른은 자신의 사업에 몰두했고(그는 회히스트 지역의 화학 공장들과 특허 계약을 맺고자 했다), 어머니는 그 도시를 이리저리 쏘다녔다. 햇빛이 환했다. 미지근한 바람이 불어왔다. 그늘을 드리워주는 플라타너스 나무 위에서는 새들이 지저귀었다. 자동차들이 길 위를 달렸고, 아직은 말도 몇 마리 보였다. 사람들은 즐거워 보였고, 아이들은 기쁨에 넘쳐 소리를 지르며 서로 주먹 싸움을 벌였다. 연인들의 모습도 보였다. 여기저기 갈색 제복에 빨간 완장을 찬 남자들의 모습이 보였고, 곳곳에 깃발이 꽂혀 있었다. 바람이 좀더 강하게 불면서 깃발들이 펄럭이는 소리를 냈다. 넓은 가로수 길 곳곳에서 휘장들이 나부끼는 모습이 재미있었다. 한번은 경찰대인지 치안 부대인지가 착착 소리를 내며 보조를 맞추어 지나갔다. 그녀 옆에 서 있던 한 남자가 팔을 공중으로 치켜 올리더니 그녀가 이해할 수 없는 어떤 소리를 내질렀다. 다른 사람들도 소리를 질렀는데, 그 소리는 개 짖는 소리 같아서 그녀의 마음엔 썩 들지 않았다. 하지만 다른 것들은 맘에 들었다! 그녀는 마음이 가벼워지는 것을 느꼈다. 그 후 한참을 더 걸어갔을 때 소란이 벌어졌다. 유리가 좌르르 쏟아져 내리는 소리가 들리고, 사람들이 달려갔다. 모습은 보이지 않은 채 어떤 여인이 비명을 질렀다. 어머니는 그때 마침 한 치안 경찰 옆에 서 있었는데, 그는 줄에 묶은 셰퍼드 한 마리를 데리고 사고가 일어난 곳을 관찰하고 있었다. 어머니는 뭔가를 묻는 듯이 그를 바라보았다. 하지만 그는 그 일에 개입할 이유를 찾지 못한 것이 분명해 보였다. 그래서 어머니는 걷던 길을 계속해서 갔다. 그 도시가 맘에 들었다. 특히 성당 주변의 수많은 모퉁이 골목들이 좋았다. 그곳엔 가게들, 수공업자들의 작은 상점들이 많이 자리 잡고 있었다. 그녀는 어느 구두장이를 보았는데, 그의 수염이 몹시 길어서 자꾸만 그의 망치와 그가 못을 박아 넣고 있는 장화 바닥 사이에 끼었다. 금 세공사는 돋보기를 눈 위에 댄 채 반지 위로 몸을 굽히고 있었다. 둥근 니켈테 안경을 쓴 이발사는 손님을 비누칠해서 씻겨주고 있었는데, 가게가 너무 작은 나머지 이발사 자신은 골목에 나와 있었다. 채소 장사, 도공, 고물 장수도 있었다. 그리고 검은 치마를 입고, 검은 모자를 쓰고, 긴 수염에 땋은 머리를 한 노인들도 여기저기 보였다. 그들은 실제로 수화로 말을 했다! 어머니는 자신이 웃음을 참지 못하는 모습을 그들에게 들키지 않기 위해 몸을 돌렸다.— 그녀는 로마 광장에 서서 중세에 지어진 화려한 가옥들을 바라보며 감탄했다. 마인 강가에서 사과주를 마시고 철제 다리를 건너 미술관으로 갔다. 다리 아래 유람선에 탄 가족들이 손을 흔들었다. 미술관에서 그녀는 에덴동산의 그림을 오랫동안 들여다봤다. 마치 그 그림이 그녀를 붙들고 놓아주지 않는 것 같았다. 하지만 벌거벗은 아담과 벌거벗은 이브도 맘에 들었다. 숨결처럼 부드럽고, 안이 들여다보이는 투명한 베일이 여인의 나체를 덮고 있는 장면은 아름다웠다.—언젠가 그녀에게 키스를 하고 알몸인 채로 그녀 옆에서 수영을 했던 프랑크푸르트 출신의 대학생이 떠올랐다. 그때 그녀는 속옷만 입고 있었는데, 그 속옷 또한 크라나흐[4]의 베일이 이브를 가려주는 것 이상으로 그녀를 가려주지는 못했었다. 그의 이름이 무엇이었는지 잘 기억이 나지 않았다. 사냥용 들짐승의 이름과 비슷했었는데. 수사슴이란 뜻을 가진 이름 히르쉬가 떠오르자 그녀는 큰 소리로 웃었다. 맞아, 히르쉬였지, 자미 히르쉬. 호텔 프런트의 남자가 전화번호 찾는 것을 도와주었다. 자미 히리쉬는 기뻐했고 와인 한잔 마시러 오라며 그녀를 초대했다.—저녁에 나타난 베른은 뭔가 근심하는 듯한 모습이었다. 침울해 보이기조차 했다. 그녀는 사업에 문제가 생겼느냐고 물었다. 베른은 고개를 저었다. 그들은 거의 텅 빈 상태인 호텔 식당에 앉아 양배추 요리를 곁들여 소고기 수프를 먹었다. 그다음엔 '로테 그뤼체'라는 이름의 후식을 먹었는데, 그 이름을 듣고 상상한 것보다는 맛있었다. 하지만 와인은 설탕물 같았다.—어머니는 베른에게 자미의 집에 함께 가달라고 요청했다. 제대로 된 자신의 짝은 아니었지만 그 짝이 되고 싶어 했던 자미의 집에. 그들은 걸어서 갔다. 그들의 목적지인 보켄하이머 란트 슈트라세는 오페라극장 바로 뒤에서 시작되는 길이었다. 도심에 위치하고 있는데도 공원만큼이나 넓은 정원은 칠흑 같은 어둠 속에 잠겨 있었고, 그 안의 저택엔 불이 켜 있지 않았다. 그들은 더듬더듬 자갈길을 지난 후, 마침내 종을 찾아 울렸다. 문이 그 즉시 열렸지만, 여전히 불빛은 보이지 않았다. 촛불을 손에 든 여인이 수줍어하며 그들을 안내했다. 어스름한 복도를 지나 오른쪽으로 접어든 후, 다시 왼쪽의 계단을 몇 개 오르고, 올라갔다 내려갔다 이쪽으로 갔다 저쪽으로 갔다를 반복한 후에야 마침내 널따랗고 천장이 높은 방에 들어섰다. 그곳엔 불이 밝혀져 있었다. 샹들리에 안에 감춰진 전등 불빛이었다. 모든 창문에는 커튼이 내려져 있었고, 덧문은 닫혀 있었다. 짧은 콧수염을 기른 자미 히르쉬가 어머니에게 다가와 손을 내밀었다. 그리고 베른에게도 인사를 했다. 그리고 그들에게 자신의 어머니와 아버지를 소개했다. 선한 미소를 짓고 있는 부드러운 인상의 두 노인이었다. 그들은 앉아서 와인을 마셨다. 이번엔 아주 좋은 와인이었다. 자미는 잘 지내고 있다고, 건강하다고 말했다. 그는 자신의 스위스 체류 경험을 아주 상세히 기억하고 있었다. 춤췄던 일도 기억했다! 그녀에게 함께 수영했던 것을 기억하느냐고 물었다.—어머니는 재밌어서 꺽꺽대는 소리를 냈다. 그녀는 오후에 아주 멋진 시간을 보냈다고, 굉장히 재미있었다고 얘기했다.—부모님은 미소 지으며 와인을 홀짝홀짝 마셨지만, 말은 한마디도 하지 않았다. 그 방은 왕의 거실처럼 고급스러웠다. 천장에 그림이 그려져 있었는데, 그림 속에서 경박스러운 천사들이 구름의 가장자리 너머로 아래를 내려다보며 웃고 있었다. 하지만 그 방은 어딘가 잡동사니를 보관하는 방처럼 보이기도 했다. 창고 같았다. 그들은 값비싼 식탁 주위의 금장 의자 위에 앉아 있었지만, 주변에는 소파, 안락의자, 레카미에 소파 같은 것들이 쌓여 있었다. 그림들은 대부분 뒷면을 보인 채 놓여 있었지만, 커다란 화폭에 그려진 레다의 두 다리 사이에 백조가 부리를 갖다 대는 모습이 보였다. 어머니는 친구에게 물었다. "이사할 건가요?" 그는 대답했다. "나는 이사할 겁니다. 오늘 중으로요. 하지만 내 부모님은 하지 않으시겠다는군요." 부인이 처음으로 입을 열었다. "늙은 나무는 옮겨 심지 않는 법이지요." 그녀의 목소리가 너무나 미세해서 어머니는 몸을 앞으로 숙였다. "나무가 말라버리니까요." 그녀는 떨고 있는 남편의 팔 위에 자신의 손을 얹었다. 어머니는 그들과 자미를 번갈아 바라보았다. 이제 자미는 더 이상 미소를 짓고 있지 않았다. 그의 얼굴은 붉게 상기되어 있었다. 베른도 홍분한 듯, 입을 열었다가 다시 다물었다. 어머니는 상황을 다 이해하지는 못했지만, 역시 심각한 표정이 되어 와인을 한 모금 마셨다. 곧 그들은 그 집을 나섰다. 그리고 아무 말 없이 암흑 속의 프랑크푸르트를 관통하여 호텔로 돌아왔다.―집으로 돌아오는 기차 안에서 어머니는 명랑함을 되찾았다. 그녀는 그러한 명랑함을 가능한 한 오랫동안 자기 안에 간직하고 싶어 했다. 그래서 그들의 기차가 라인 강 다리를 건너 바젤로 들어서고 있을 때 베른이 벌떡 일어서며 "구역질 나! 구역질 나는 일이야!"라고 외쳤을 때, 그녀는 굉장히 놀랐다. "뭐라구요?" 그녀가 말했다. "하지만 멋진 여행이었잖아요?"

베른은 다시 자리에 앉으며 "끝났어"라고 말했다. 자기 자신에게 말하는 듯 훨씬 작은 목소리였다. "끝이야."

어머니는 눈을 크게 뜨고 그를 바라봤다. 맞아, 끝이야. 끝났어. 하지만 그래도 여행은 좋았지 않은가. 그녀는 나중에 에트빈에게도 그렇게 말해줬다.

그 후 에트빈이 결혼했다. 모두들, 남자든 여자든, 몇 주 전부터 그의 결혼에 대해 알고 있었던 듯했다. 어머니는 우연히 며칠이 지나고 나서야 그 멋진 파티에 대한 얘기를 들었다. 누군가가 "넌 도대체 어디 숨어 있었던 거야? 정말 굉장했는데!"라고 말했던 것이다. 그 순간 그녀는 마치 번개를 맞은 것 같았다. 그녀는 굳어진 채 앞이 보이지도 않는 상태로 의자에 앉아 있었다. 자신의 주위를 돌고 있는 세계 속에서 그녀는 화석이 되어버렸다. 숨은 거의 쉬지 않는 듯했고, 눈물도 전혀 흘리지 않았다. 그녀의 내면은 비명을 지르며, 한순간 이글거리다가 금세 차갑게 얼다가를 반복했다. 에트빈의 부인은 기계생산공장의 유일한 상속녀였다. 3대째로 기업을 소유하고 있던 그녀의 아버지는 심장마비로 사망했고, 그때 에트빈이 그녀 곁에서 위로가 되어주었다. 그녀는 미인이었다. 그녀가 백테 타이어를 단 자신의 마이바흐 승용차에서 내리는 모습은 마치 금과 은으로 이루어진 강물이 흘러내리듯 우아했다. 두툼한 입술과 반짝이는 치아, 아몬드 모양의 눈을 가진 그녀의 얼굴은 흠잡을 데 없었다. 여름에는 커다란 모자를 쓰고, 겨울에는 모피를 둘렀다. 에트빈은 이제 호수 위편에 있는 저 농장으로 이사해서, 여러 시대의 명화들 사이에 둘러싸여 살았다. 그의 아내는 그림을 좋아해서, 과감하고도 영리하게 동시대 화가들의 작품을 수집했다. 그녀가 가장 좋아하는 화가는 페르메이르[42]였는데, 실제로 그의 그림을 한 점 갖고 있었다. 그녀가 소장하고 있는 피카소와 마티스의 작품들은 스위스의 모든 미술관의 소장품을 전부 합한 것보다 더 많았을 뿐만 아니라, 그 가치에 있어서도 최고의 작품들이었다. 그 외에도 그녀는 구블러, 오버조누아, 발로통, 카메니쉬와 같은 스위스 국내 대가들의 작품도 갖고 있었다.— 에트빈은 호화스러운 삶을 살면서 성격이 활발해지고 경쾌해졌다. 그와 그의 부인은 웃으면서 일렬로 늘어선 방들 사이를 달리며 술래잡기를 했고, 온실에 이르러서야 그녀가 그에게 붙잡히곤 했다. 그들은 난초 사이에서 뒹굴며 야자나무를 쓰러뜨렸다. 하인들은 그들을 배려하여 눈을 감았다.— 에트빈은 그전에 어머니에게 한마디도 하지 않았다. 어떻게 해서인지 그런 기회가 만들어지질 않았다. 그다음엔 어차피 너무 늦어버렸다. 그 직후 그녀의 생일이 되자, 꽃선물 대행 회사 '플뢰롭'의 직원이 자연이 만들어 낸 걸작인 난초를 커다란 상자 안에 포장해서 가지고 왔다.

에트빈이 보랏빛 잉크로 "행복하세요! E."라고 써 넣은 작은 카드도 한 장 들어 있었다.— 이후 32년 동안 그녀의 생일마다 그런 카드와 함께 같은 종류의 난초가 어머니에게 배달되곤 했다. 늘 난초였고, 늘 보랏빛 잉크였다. 그런데 어머니가 61세가 된 이후에는 더 이상 난초가 오지 않았다. 그 후 어머니가 21년을 더 살았고 에트빈은 그보다 훨씬 더 살았음에도 불구하고 한번도 더 오질 않았다. 어머니는 에트빈의 축하가 왜 갑자기 끊겼는지 궁금해했지만 답을 찾지는 못했다.— 몇 달 후 그녀 또한 결혼했다. 자신의 결혼식과 그녀의 결혼식 사이의 몇 주 동안 에트빈은 사무실에 한번도 나타나지 않았다. 적어도 그녀가 그곳에 있는 동안에는 오지 않았다. 그녀는 일을 그만두고 교외에 있는 집으로 이사했다. 그 집은 도시에 속하면서도 논밭 한가운데 자리 잡고 있었다. 근처의 초원 너머로는 숲이 있었다. 그녀의 집에는 황폐해진 넓은 정원이 있었는데, 그녀는 개척자의 열정으로 그 땅을 개간하고 그곳에 꽃을 심었다. 꽃만, 오직 꽃만 심었다. 플록스, 참제비고깔, 데이지, 붓꽃을 심고 달리아도 심었다. 그녀는 과거 아버지가 살아 계셨던 때처럼 다시 손님들을 맞았다. 그녀는 여신과도 같은 요리 솜씨를 뽐냈고, 손님들은 그녀의 솜씨에 감탄했다. 그녀는 예전처럼 식탁에 앉아 모두가 편안하게 식사를 하고 있는지를 자신의 시야 안에 넣고 살폈다. 다만 이제는 떨어진 냅킨을 집어 올릴 하인들이 없다는 사실만이 달랐다. 그녀 스스로 그 일을 해야 했고, 실제로 뻣뻣하면서도 우아하게 그 일을 해냈다. 에트빈과 그의 부인을 초대한 적은 한번도 없었다. 하지만 6년도 지나기 전에 살해당하게 될 첼로 연주자는 언제나 그 자리에 있었고, 베른도 있었다. 그는 나중에는 오지 않았는데, 어머니는 그 이유를 알지 못했다. 아마도 세계 여행 중인 모양이었다. 다른 손님들은 이제 음악가도 아니었고, 예술가도 아니었다. 그냥 평범한 사람들뿐이었다. 그럼에도 한번은 (독일군대가 막 라인란트로 진군했을 때였다) 제대로 된 먹자 파티로 전설적인 샤실리크 꼬치 요리 파티가 벌어지기도 했다. 이때 손님들은 잔디 위에 모포를 깔고 앉아 기다랗게 파인 땅속의 홈에서 타오르고 있는 불 속에 자신들의 꼬치를 돌려 구웠다. 사람들은 끊임없이 와인을 마시며, 나무 뒤의 보름달을 바라보았고, 노래도 불렀다. 옛날과 거의 똑같았다.—
한번은 에트빈으로부터 편지가 왔다. 수제 종이 위에 보랏빛 잉크로 쓰어진 그 편지에는 어머니가 청년 관현악단의 명예회원이 되었음을 알릴 수 있게 되어 기쁘다는 에트빈의 전갈과 함께 "진심으로 평안을 기원합니다. E."라는 끝인사가 적혀 있었다. (그 관현악단은 나중에 더 많은 명예회원을 선정하게 되는데 그들은 모두 에트빈과 가까운 작곡가들이었다. 그들의 이름은 대리석판에 새겨져 역사박물관의 로비에 걸렸다가, 나중엔 시립 홀에 걸렸다. 버르토크, 호네거, 스트라빈스키, 마르틴, 힌데미트. 그 맨 위에 어머니의 이름이 있었다. 그녀는 드러내지는 않았지만, 연주회에 갈 때마다 반드시 한번은 자신의 명성을 보여주는 그 로마자들 위로 시선을 던지고 흐뭇해하곤 했다.) 명예회원에게는 평생 무료 초대권의 특전이 주어졌다. 어머니는 둘째 줄, 에트빈 바로 뒤의 옛 자리에 앉았다.

에트빈에 대한 어머니의 숭배가 곧바로 시작되었던 것은 절대 아니다. 그녀는 만족하고 싶었다. 실제로 만족했다. 그녀에겐 집이 있었다! 그녀는 유부녀였다! 그녀는 뛰어난 주부가 되었다. 그녀의 집에서는 먼지 하나 찾아볼 수 없었다. 그녀는 시계 제조공 같은 정확함으로 다리미질을 했다. 세탁물은 이쪽에, 행주는 저쪽에 정리해뒀다. 왕골 바구니 안의 사과들은 모두 꼭지 부분을 위로 하고 있었다. 그녀는 작업장을 청소하지 않고 두어도 좋다고 허락했다. 신경에 거슬리기는 했지만, 다른 사람들에게도 다르게 행동할 권리가 있다는 것을 알고 있었고, 날마다 그 사실을 떠올리곤 했다. 하지만 후에 집 안에 장난감이 있게 되었을 때 장난감들이 여기저기 돌아다니는 일은 절대 없었다. 장난감 블록이 아이 방의 바닥에 그대로 놓여 있거나 하지는 않았다. 식탁 위엔 언제나 훌륭한 식사가 차려졌다. 그녀는 세르벨라 소시지와 감자 몇 개와 파 한 줌을 가지고 군침이 돌 만큼 맛있는 음식을 만들어내는 재주를 가지고 있었다. 향료, 양념, 소스에 관한 한 그녀는 전문가였다. 이제 그녀에게 자동차는 없었다. 하지만 그녀는 곧 자전거를 마련하여 핸들 앞쪽에 버들

가지로 엮은 바구니를 달고 장을 보러 다녔다. 그녀가 자전거를 타고 갈 때면 치마가 바람에 나부꼈고 조금은 비틀거리기도 했다. 그녀는 두려워하지 않고 그녀의 집 아래쪽에서 시작되는 가파른 언덕길을 굉장히 빠른 속도로 달려 내려가곤 했다. 다른 사람들이라면 멈출 만한 곳에서 그녀는 벨을 울렸다. 그러다가 밀밭과 쐐기풀 속으로 떨어진 것도 여러 번이었다. 그 외의 시간에는 앞서 말했듯이 언제나 정원에 있었다. 항상 불이 타고 있었기 때문에 그녀는 푸른 연기 속에 휘감겨 있곤 했다. 매번 태워 없애버려야 할 낙엽이나 새 나무가 있었다. 그녀는 갈퀴를 가지고 불길 속을 이리저리 쑤셔댔다. 종종 그녀는 나무막대기에 기댄 채 그냥 그곳에 서서 불꽃을 뚫어지게 바라보기도 했다. 그때 그 열기 속에서, 연기 속에서, 공중으로 날아오르는 재 속에서 그녀의 입술이 처음으로 움직이기 시작했었는지도 모른다. 처음에는 서서히, 망설이며, 무슨 말을 하고 싶은지도 모르는 채였을 것이다. 하지만 그녀의 입술은 어느 순간엔가 자신이 하고 싶은 말을 찾아냈다. 그것은 에트빈이었다. 에트빈, 에트빈, 에트빈. 어머니의 온몸 세포 하나하나가 에트빈을 불렀다. 곧 모든 새들이 에트빈을 노래했다. 흐르는 물소리도 그의 이름을 불렀다. 바람은 그의 이름을 속삭였고 태양은 그 이름을 그녀의 살갗에 새겼다. 에트빈, 모든 식물과 모든 동물이 에트빈을 불렀다. 에트빈! 하고 멀리서 개들이 울부짖었다. 후드득 쏟아지는 빗소리가 에트빈을 불렀다. 겨우 1리터의 우유를 팔기 위해 매일 아침 도시의 제일 마지막 집까지 달려오는 방아 회사의 시트로앵 자동차 엔진이 에트빈을 노래했다. 기사가 어머니에게 뭐라고 말을 했다. 아마 에트빈이라고 하지는 않았을 것이다. 하지만 그녀는 자신이 무슨 말을 들었는지 알고 있었고 미소를 지었다. 에트빈, 언제나 에트빈뿐이었다. 물론 그녀 스스로도 감자 껍질을 벗기거나 부부 침대에서 잠이 오기를 기다리는 동안 이 사랑하는 음절을 속삭여보곤 했다. 종종 그녀는 창가에 서 있었다. 항상 같은 창가에 서서 먼 곳을 응시했다. 햇빛에 그을은 이졸데가 머리를 풀어헤친 채 숲으로부터 하얀 돛이 나타나기를 기다리는 듯한 모습이었다. 왜냐하면 그곳에, 그 보호림 뒤에 에트빈의 얼굴을 비춰도 되는 행복한 호수가 있기 때문이었다.— 침실 한쪽 구석엔 평범한 작은 책상 하나가 놓여 있었다. 하지만 그녀는 그것이 제단이란 것을 알고 있었다, 아니 오히려 그와 반대로 그녀가 제대로 알고 있지 못했던 유일한 사실이 바로 그것이었던가? 아무튼 책상 위에는 한번도 불 붙이지 않은 두 개의 초가 놓여 있었고, 청년 관현악단의 과거 프로그램과 최근 프로그램이 차곡차곡 쌓여 있었다. 또한 4월과 5월에는 아직 싱싱했다가 그 후에는 시들어버린 난초, 보랏빛 잉크로 쓴 카드가 놓여 있었고, 전설적인 파리 출장 공연의 참가자 모두를 담고 있는 사진이 액자 속에 끼워져 있었다. 어머니만이 유일하게 사진 속에 없었다. 누군가는 사진을 찍어야 했으니까. 첫째 줄 한가운데서 에트빈은 한 팔은 첼로 연주자 어깨에, 다른 한 팔은 금발의 하프 연주자 어깨에 두른 채 환하게 웃고 있었다.— 언제부터인가 그녀는 도보 행진을 하기 시작했는데, 그 끝은 언제나 그 호수였다. 자갈로 된 호숫가에는 보트 몇 척이 놓여 있었다. 어부들의 배였다. 건너편, 호수의 다른 쪽에서는 에트빈의 농장에 속한 지붕들이 빛나고 있었다. 얼마 후 그녀는 밤에도 행진을 했다. 달밤에 혹은 달이 뜨지 않은 밤에도 숲을 관통하여 4~5킬로미터의 거리를 걸어 호수로 내려갔다. 낮에 정원에서 캐낸 돌을 손에 들고 있었는데, 돌이 너무 무거워 팔이 거의 빠질 것만 같았다. 그렇게 그녀는 언제나 호수로 갔다. 그녀는 호숫가에서 멈추지 않고 계속해서 물속으로 걸어 들어갔다. 그녀의 두 다리가 모두 젖고 배도 절반가량 물에 젖었다. 그때서야 그녀는 멈춰 서서 무릎을 떨고, 입술을 떨며, 건조한 두 눈으로 에트빈에게 기도했다. 그리고 맞은편 호숫가를 응시했다. 그녀가 알아채지도 못하는 사이에 돌이 그녀의 손에서 굴러 떨어졌다. 그렇게 그녀는 굳어 있었다. 마침내 그녀가 오른쪽으로 돌아섰다. 아마도 밤새가 울었거나 멀리서 자동차가 경적을 울렸기 때문이었을 것이다. 그녀는 뻣뻣한 걸음으로 물가로 돌아온 후 집을 향해 달려갔다. 숨을 헐떡이며, 여전히 젖은 두 다리로 그녀는 아무런 소음도 내지 않고 부부 침대로 기어 들어갔다. 그리고는 눈을 뜬 채 반듯하게 누워 천장을 바라보고 있었다. 해가 떠오르면 그녀는 잠깐 잠에 빠져들었다. 잠시 후 아침의 소음 때문에 잠에서 깰 때는 기진맥진한 상태였다. 저녁에 손님들이 올 때면 그녀는 아름다운 여인이었다. 한 사람 한 사람 진심을 담아 환영했고 큰 소리로 많은 이야기를 했다. 가끔 그녀는 부끄러움 없이 치마를 허벅지까지 들어 올리고는, 자전거를 타고 가다 넘어져 생긴 상처들을 보여주었다. 여기저기 핏자국 위로 딱지가 앉아 있었다. 그녀가 너무나 웃어대는 바람에 다른 친구들도 모두 함께 웃었다.

물론 그녀는 계속해서 레오니를 그리워했다. 지금은 더욱 그랬다. 결혼 후 몇 주가 지나자 그녀는 항상 들고 다니던 트렁크를 들고 혼자서 길을 떠났다. 하지만 이번에는 삼촌들도 보리스도 역까지 그녀를 마중 나올 시간이 없어서(그러니까 그녀는 아무것도 아니었단 말인가?), 평원을 지나 포도원으로 가는 길을 걸어서 가야만 했다. 5킬로미터, 아니 8킬로미터는 족히 되는 길이었다. 뜨거운 날씨였다. 파리 떼가 그녀 주위에서 윙윙거렸다. 자동차 한 대가 그녀를 추월하자 모래 먼지가 일어났다. 태양은 이글거리고, 그늘은 어디에도 없었다. (그녀의 인생은 잘못된 것이었나?) 수풀과 덤불은 이번에도 푸르렀고, 꽃들은 다시 만개했으며, 도마뱀들은 계속해서 성벽의 벽돌 위를 잽싸게 스쳐 지나갔다. 지난번처럼 잠자리들이 날아다녔고 새들조차 여느 때처럼 지저귀고 있었다. 하지만 마침내 레오니로 가는 가파른 일직선의 진입로를 올라가게 되었을 때 어머니의 마음은 이전처럼 즐겁지 않았다. 그녀는 탈진해 있었고, 땀으로 범벅이 되어 있었다. 발이 너무 뜨거워져서 신발을 벗어야 했고, 마지막 몇백 미터의 길은 그렇게 맨발로 가야 했다. (그녀의 죄에 대한 벌인가?) 노란빛으로 환하게 빛나는 농장은 그녀의 눈앞에서 점점 그 위용을 드러냈다. 교회는 그사이에 칠을 새로 했고, 낙수구와 종탑 위의 기이한 덤불들은 없어졌다. 교회 광장만큼이나 넓은 집 앞 테라스에서 마침 기이한 소음이 들려왔지만, 너무 높이 솟아 있어서 어머니는 가까이 다가가면서도 무슨 일이 일어났는지를 보지 못했다. 그녀는 아픔 때문에 신음하면서 성의 계단처럼 넓은 계단을 한 칸 한 칸 올라가서는 트렁크와 신발을 떨어뜨렸다. 그곳은 비명과 고함 소리로 시끄러웠다. 모두가 모두에게 목청을 높여 명령을 내리고 있는 것처럼 보였다. 하지만 아무도 자신에게 방금 내려진 명령에는 관심을 보이지 않았다. (아, 이런, 이곳에 그녀가 있었다! 그런데 아무도 그녀를 보지 못했단 말인가?) 그녀로부터 가장 가까운 곳의 나무 연단 위에서는 금빛으로 반짝이는 트럼펫을 든 세 남자가 첫 부분을 반복해가며 팡파르 연습을 하고 있었다. 환희의 멜로디가 거침없이 울려 퍼지게 해야 했지만, 그들이 의도하는 만큼 만족스러운 연주가 되지는 않았다. 그들 뒤에서는 남녀 하인들이 기다란 나무 탁자를 잇대어 배치하고, 그 위에 하얀 식탁보를 깔고, 접시와 잔, 칼과 포크를 늘어놓았다. 한 소녀가 커다란 바구니에 담긴 꽃들을 뿌렸다. 소녀는 리본이 달리고 수가 놓인 전통 의

상을 입고 있었다, 아니 모두가 가장을 하고 있었다. 남녀 하인들은 마치 과거로부터 온 사람들처럼 보였다. 짧은 저고리와 덧저고리를 입고 가슴엔 수건을 꽂고 있었다. 그들은 너무나 깨끗했다. (어머니는 자신이 지저분하다고 느꼈다.) 네 명의 남자가 숨을 헐떡거리며 욕을 하면서 집채만 한 와인 통을 옮겨 놨다. 삼촌들 중 제일 왜소한 둘째 삼촌이 숨냄새를 맡을 수 있을 만큼 가깝게 그녀 곁을 스치며 달려갔다. (그녀가 투명인간이란 말인가?) 제일 왜소한 삼촌은 검은 셔츠를 입고 있었는데, 우산형 등꽃과 장미꽃으로 목재 개선문을 장식하고 있는 두 여인을 향해 고함을 질렀다. 어머니는 바로 그 아래 서 있었다. 여인들은 그의 말에 신경을 쓰지 않았고, 제일 왜소한 삼촌은 와인 통을 향해 돌아섰다. 그곳에는 보리스가 와 있었는데, 그 역시 예전과는 아주 다른 모습이었다. 그는 검은 셔츠만 입은 게 아니라, 검은색의 제대로 된 제복까지 갖춰 입고 있었으며, 오른손에는 작은 승마용 채찍을 들고 있었다. 명령을 내릴 때는 채찍을 공중에서 휘둘러 쉭 소리가 나게 했다. 남녀 하인들은 오히려 그의 지시를 따랐다. 정말이지 그에게서는 큰 힘과 뚜렷한 의지가 뿜어져 나왔다.— 제일 왜소한 삼촌 또한 그것을 알아차리고 다시 방향을 틀어 이번에는 부엌 입구를 향해 갔다. — 어머니는 보리스가 그녀 쪽을 바라보았기에 그를 향해 손짓을 했다. 하지만 그는 자신의 시선을 그녀로부터 다시 거두고는 의자를 똑바로 세웠다. (그녀는 투명인간이었다.) 그러고 나서 그는 두 손을 엉덩이에 짚은 채 그냥 그 자리에 서 있었다. 턱을 하도 높이 쳐들고 있어서, 그의 뾰족한 입술이 하늘과 키스라도 할 것 같았다. 오, 보리스! — 한쪽 구석에서는 테라스 난간을 따라 큰삼촌이 왔다 갔다 하고 있었다. 그 역시 검은 옷을 입고 있었지만, 제복이 아닌 최고급 양복이었다. 넥타이도 매고 있었다! 그는 입술을 달싹이며 때때로 공중을 향해 주먹질을 했고, 자신이 손에 쥐고 있는 종이를 훔쳐봤다. 뭔가 연습을 하고 있는 것이 분명했다. 그의 공허한 시선이 여러 차례 어머니를 향했음에도 불구하고 그 역시 어머니를 보지 못했다. — 막내 삼촌은 보이지 않았다. 아마도 그는 검은색 옷보다는 파란색 옷을 입고 부엌 안에서 그라파 브랜디 병을 지키고 있을 것 같았다. — 숙모는 테라스 난간 위에 놓여 있는 이삭과 밝은 파란색 칠을 한 점토 포도 묶음을 쳐다보면서 황급히 어머니 옆을 스쳐 지나갔다. "레토Reto, 렌초Renzo, 서둘러rapido!" 그녀의 저 R 발음은 이전보다 훨씬 더 심하게 뱀이 쉭쉭거리는 소리처럼 들렸다. 어머니는 숙모를 따라 몇 걸음 걸어가다가 멈춰 섰다. (마치 그녀는 존재하지 않는 듯했다.) — 식탁보가 꽃으로 가득 뒤덮이고, 모든 유리잔들이 햇빛 속에서 질서정연한 모습으로 반짝이기 시작할 때쯤에야 비명 소리와 고함 소리가 점차 잦아들며 희미해졌다. 의자들은 친위대 병사들처럼 반듯하게 놓여 있었고, 개선문은 더 이상 나뭇결이 보이지 않도록 장식으로 덮여 있었다. 트럼펫 주자들은 연단 위에 두 다리를 넓게 벌리고 선 채 트럼펫을 무기처럼 어깨 위에 얹고 있었다. 큰삼촌은 한숨을 내쉬면서 종이를 재킷 주머니에 집어넣었다. 이때 제일 왜소한 삼촌이 부엌에서 돌아와 미소를 띤 채 입 주위를 닦으며 단장을 했다. 숙모는 앞치마를 벗고 적갈색의 비단 야회복을 드러냈다. 하인들은 전체 테라스로 흩어져서 그림 속의 장면처럼 무리를 지어 서 있었다. 보리스는 제복의 끈과 띠를 바로 잡고 재킷의 소매에서 보이지 않는 먼지를 떨어냈다. 마침내 흥분된 목소리가 "그들이 온다! 그들이 온다!"라고 소리를 질렀다. 그것은 셋째 삼촌의 목소리로, 제우스 신처럼 이성적인 그가 2층의 창가에 선 채 테라스에 있는 사람들에게는 보이지 않는 먼 곳을 가리키고 있었다. "저기! 지금 열주 성문을 지나고 있어!" 보리스는 입을 둥글게 벌려 한껏 공기를 들이마셨다. 그의 가슴이 부풀어 올랐다. 장화를 신은 그는 신발 뒷굽을 올렸다 내렸다 하며 몸의 균형을 잡은 후, 집과 식탁, 하인들을 마지막으로 한 번 더 바라보았다. 그러던 그가 작은 트렁크와 신발로부터 몇 걸음 떨어진 채 여전히 개선문 아래 서 있던 어머니를 보았다. 그는 그녀에게 달려들었다. "클라라? 여기서 뭐하는 거야?"

"난……"

"왜 이런 꼴을 하고 있어? 그분이 이런 모습의 너를 보면 안 돼."

"누구?"

그가 그녀의 팔을 잡더니 "자! 가자!"라고 말하며 그녀를 서둘러 끌고 가는 바람에 그녀는 비스듬하게 몸이 기울어진 채 급하게 그의 뒤를 따라 갈 수밖에 없었다. 보리스는 현관문 그늘 아래 들어서자 비로소 멈춰 섰고, 그와 함께 어머니도 그 자리에 섰다. "오늘은 중요한 날이야!" 그가 소리쳤다. "그분이 레오니를 방문한다고! 그가 곧 이곳에 올 거야!" 그의 두 눈이 번득였다. "네 방으로 들어가 있어. 그리고 행사가 끝날 때까지 나오지 마."

이 말을 하자마자 보리스는 급히 테라스를 가로질러 계단 쪽의 개선문으로 돌아갔다. 그러고는 큰삼촌 옆에 섰다. 어머니는 집 안으로 들어갔다. (왜 그 귀한 손님이 그녀를 보아서는 안 되는 것이었을까?) 그녀는 어두운 홀을 더듬거리며 지난 후, 흐릿한 빛이 비치고 있는 계단을 올라갔다. 복도를 지나 안쪽으로 굽어들었다. 오래된 수도원의 적막 속에서 그녀의 발걸음 소리는 더욱더 크게 울렸다. 공기는 선선했다. 마침내 그녀의 방에 도착했다. 그녀는 문을 열고 익숙한 먼지 냄새를 맡았다. 침대, 책상, 세숫대야, 옷장, 목동이 그려진 그림. 그녀는 한숨을 내쉬었다. (그녀는 수치스러운 존재가 된 것인가?) 그리고 창문을 열었다. 그러자 번개가 들이닥치듯 빛과 열기가 쏟아졌다. 멀리서부터 기이한 굉음도 들려왔다. 그녀는 바깥으로 몸을 내밀었다. 저 멀리 아래쪽의 테라스와 식탁이 보이고, 무리를 지어 서 있는 하인들도 보였다. 보리스와 큰삼촌이 보였는데, 그들 역시 살아 있는 그림으로 굳어 있었다. 어머니가 방금 걸어 올라왔던 길에는 긴 먼지의 행렬이 레오니를 향해 기어 올라오고 있었다. 행렬의 머리 쪽, 먼지가 닿지 않은 곳에는 세모꼴의 깃발과 예비 타이어를 잔뜩 단 자동차 한 대가 보였다. 장갑판으로 만든 괴물차 같았다. 모자를 쓰고 경주용 안경을 쓴 운전기사 뒤에는 하얀 제복을 입은 남자가 선 채로 이쪽저쪽으로 흔들리고 있었다. 그는 손을 들어 포도원이나 신상들을 향해 뻗었다. 그의 뒤를 따라오는 모래 먼지 속에서는 순간순간 다른 자동차들의 일부가 드러나 보이곤 했다. 마치 유령처럼 바퀴 하나가 저쪽에서 보이고, 냉각기 커버가 조금 보였다가, 먼지 색깔의 삼각 깃발이 보이기도 했다. 결연한 표정의 남자들이 보이는가 하면, 기침하는 이들도 있었다. 점점 가까이 다가오는 함대의 굉음이 더욱 커졌다. 요란한 소리가 울려왔다. 하얀 제복의 영웅을 태운 자동차가 테라스 계단 아래의 자갈로 덮인 광장에 도착하자 트럼펫 연주자들이 악기를 입에 대고 힘차게 연주를 시작했다. 보리스는 계단을 달려 내려갔다. 하인들은 환호성을 지르며, 모자를 공중에 던졌고, 혼성 합창단이 노래를 부르기 시작했다. 모두들 즐거운 표정이었고, 눈빛이 반짝이고 있었다. 선두 자동차의 기사는 차를 멈춘 후 내려서 차 문을 열며 경례를 붙였다. 하얀 제복의 신이 지상에 내려섰다. 그는 작고 뚱뚱했으며 목덜미가 머리보다 더 두툼해 보였다. 그는 자신과 마찬가지로 삽처럼 생긴 턱을 가진 보리스가 달려오는 것을 보고 턱을 내밀었다. (보리스의 턱이 언제부터 저렇게 육중했지?) 아무튼 보리스는 팔을 공중으로 쳐들고 구호를 외쳤고, 손님 또한 팔을 들어 올렸다. 그는 마치 생선처럼, 아니면 아까 보리스가 그랬던 것처럼 마치 하늘에 키스라도 하려는 듯이 입술을 앞으로 내밀었다. 그리고 두 사람은 오랫동안 힘차게 악수를 했다. (보리스는 왜 그녀를 부끄럽게 생각했을까?) 그 사이에 다른 자동차들이 여기저기 멈춰 섰고, 그 차로부터 검은색 제복 차림의 남자들이 내렸다. 꽤 많은 수의 남자들이었다. 여자는 단 한 사람도 없었고 모두가 검은색 옷차림이었다.ㅡ큰삼촌은 계단 위쪽의 개선문 아래 서 있었고, 여러 번 몸을 숙이며 손님에게 인사를 했다. 손님은 다시 팔을 들어 올렸다. 하지만 이번에는 사방에서 보내는 수많은 존경의 인사에 지겨워하는 듯한 모습이었다. 지금 그는 본연의 자기 모습으로 돌아가고 싶어 하는 것 같았다. 하지만 큰삼촌은 그를 쳐다보지도 않고 손에 쪽지를 든 채 연설을 시작했다. 어머니는 그가 하는 얘기를 듣지는 못했지만 그의 모습을 보고 있었고, 흰색 제복의 손님을 바라보았다. 그는 그자리에 선 채 환영 연설의 품질을 맛보기라도 하는 듯이 입술을 달싹이고 있었다. 보리스는 입을 벌린 채 서 있었다. 삼촌의 연설이 끝나자 손님은 고개를 끄덕이며 앞으로 한 걸음 나서다가 어머니의 트렁크에 걸려 비틀거렸다. 넘어지지는 않았지만 불안스럽게 몇 걸음을 달려 나갔다가 다시 균형을 잡았다. 다른 사람들은 모두 굳어져버렸는데, 머리 밖으로 튀어나올 듯한 눈을 하고 겨우 멈춰 선 그가 갑자기 웃음을 터뜨렸다. 그의 넓은 가슴으로부터 웃음소리가 울려 나왔다. 그는 웃어대며 오른손으로 자신의 가슴을 두드렸다. 검은 제복의 남자들이 박수를 쳤다. 그들의 대장은 그토록 자신감에 찬 사람이었던 것이다! 그는 살면서 겪는 부당한 일들을 여유 있게 처리할 줄 아는 인물이었다.— 보리스는 화를 내며 왜소한 삼촌을 쩨려봤다. 그러자 삼촌이 트렁크를 들고 급히 집 안으로 들어갔고, 보리스는 신발을 집어 들어 무화과나무들 사이로 휙 던져버렸다. (오, 그는 이제 그녀를 이런 식으로 다뤘다.)— 그사이에 모두들 기다란 식탁에 둘러앉았다. 흰 제복의 손님은 큰삼촌과 숙모 사이에 앉았다. 그녀는 유일한 여성이었다. 그녀 옆에 앉은 보리스는 그녀 너머로 몸을 굽혀 손님에게 농담을 던졌다. 손님이 고개를 끄덕이며 환하게 웃는 것을 보니 칭찬인 모양이었다. 식탁 위에서는 넓은 접시 위에 커다란 고깃덩이들이 쌓인 채 모락모락 김을 뿜고 있었다. 커다란 대접엔 옥수수 죽이 담겨 있었다. 샐러드도 있었다. 모두들 함께 건배를 한 후 남자답게 단숨에 잔을 비웠다. 곧 분위기가 흥겹게 무르익었고, 그 자리의 남자들은 자신들이 즐겁게 놀 줄 안다는 것을 보여줬다. 모두 홀가분한 마음으로 유쾌하게 즐겼다. 그들이 제대로 된 유머 감각을 갖고 있다는 것을 어머니는 멀리 높은 곳에서도 알아볼 수 있었다. 필요할 경우에는 강인함과 엄격함 또한 보여줄 수 있는 이들이었다. 그건 너무 당연한 일이었다. 흰색 제복의 손님이 제복 상의를 벗어 의자 등받이에 걸어두자, 다른 남자들도 한 사람씩 옷깃의 단추를 풀기 시작했다. 계속해서 웃음소리가 울려 퍼졌다. 사람들의 얼굴은 빨갛게 되었다.— 어머니는 배가 고프고 목이 말랐다. 그래서 물병에 물이 있는지를 살폈다. 혹시나 하고 다른 방까지도 살펴봤다. (그들은 그녀에게 물조차 주지 않았다.) 그러느라 손님들이 떠나는 것을 보지 못했다. 그녀가 다시 창가로 와서 아래쪽을 바라보았을 땐, 마치 멀리서부터 그들을 향한 선전포고라도 들려온 듯 모두들 급하게 자동차로 달려가고 있었다. 그러고는 차 문을 닫고 시동을 걸었다. 마지막 남은 병사들이 아직 식탁 주위에 선 채 잔을 비우고 있는 동안 흰 제복의 손님이 탄 차는 이미 떠나버렸다. 그가 총통이었단 말인가? (세상에나, 그가 총통이었다니, 그녀는 자신의 눈으로 무솔리니 총통을 본 것이다.) 그가 쿠션 깊숙이 몸을 파묻고 있어서 그의 머리는 더 이상 제대로 보이지 않았다. 그는 앞쪽을 응시하고 있었다. 레오니는 벌써 잊어버렸다. 그런데도 보리스는 손을 흔들며 차 옆을 함께 달렸고 아래쪽 포도원에 이르러서야 멈춰 섰다. 뒤를 따르던 자동차들의 먼지에 가려 그의 모습이 사라졌다. 그는 기침을 했다. 총통의 군대가 내는 요란한 굉음이 사라질 때까지도 그는 연거푸 기침을 해댔다. 마침내 그의 모습이 모래 먼지 사이로 드러났다. 길바닥과 똑같은 갈색으로 변한 채 계속 헐떡거리며, 두세 차례 구역질을 하더니 눈을 비볐다. 삼촌, 숙모, 하인 등 다른 사람들도 마술에서 깨어나 집으로 들어왔다. 정적이 찾아왔다. 이전의 소음들이 되돌아왔다. 닭이 꼬끼오 하며 울고, 개들이 짖어댔다. 멀리서 조종이 울렸다.

다음 날 보리스는 어머니가 처음 방문했을 때 그녀에게 약속했던 일을 실행했다. 치마 비앙카 산을 함께 오른 것이다. 한밤중에 그들은 스코다 승용차를 타고 산을 향해 출발하여, 해가 뜰 무렵에는 벌써 골짜기 위쪽의 고산지 목장에 도착했다. 그들은 스코다를 어느 빈 우리 앞에 세워두었다. 황금빛 아침 햇살이 펼쳐지고 있었다. 어머니는 자신의 머리 위로 늘어선 산봉우리들을 올려다보며 가슴이 두근대는 것을 느꼈다. 그중 가장 높은 산이 바로 하얀 모자를 뒤집어 쓴 치마 비앙카였다. 휴우. 그들 바로 앞쪽에서 하늘 높이 솟아 있는 남벽은 보리스가 단독으로 등반한 적이 있음에도 불구하고, 여전히 정복이 불가능한 산으로 여겨지고 있었다. 하지만 이번에는 정상적인 루트를 통해 올라갈 계획이었다. 그래도 보리스는 피켈과 자일을 가져왔다. 어머니가 너무나 크게 한숨을 쉬자 보리스는 그녀의 어깨에 팔을 두르며 웃었다. "해낼 수 있을 거야, 아가씨!" 그들은 행군을 시작하여, 한마디 말도 없이 굉장히 천천히 걸어갔다. 안전한 지역에서라면 우스워 보일 수도 있겠지만 정상에 다다를 때까지 힘을 비축하기에 좋은 속도였다. 풀은 촉촉이 젖어 있었고, 아침 태양 아래서 이슬방울이 반짝였으며, 시냇물은 졸졸거렸다.

마멋 한 마리가 찍찍거렸다. 곧 눈의 흔적이 보이기 시작했다. 두 시간이 지난 후 그들은 온통 바위로 이루어진 산마루 가장자리에 도착했다. 이곳부터는 돌무더기 위로 가야 했다. 꽃이 듬성듬성 피어 있었고, 마지막 방울새가 보였고, 약한 바람이 불고 있었다. 그곳엔 햇빛이 가득했다. 온 세상이 빛나고 있었다. 어머니는 숨을 헐떡거렸고, 보리스는 그녀 앞에서 폴짝폴짝 뛰며 춤을 췄다. 저 멀리 아침 햇살 속에 놓인 아래쪽 평지에서는 김이 피어올랐지만, 이곳 위쪽은 선선했다. 보리스가 외쳤다. "아! 너무 멋진 날이야!" 어머니는 아무 말도 하지 않았다. 숨이 가빠서였다. 하지만 그녀도 점차 기운을 되찾았다. 보리스는 너무나 힘이 넘쳤고, 확신에 차 있었다!— 넓은 눈밭에 이르러 그들은 자일로 몸을 묶었다. 이제 보리스는 한참 앞서 가면서 피켈로 길을 확인한 후 어머니가 따라오도록 했다. 그녀는 그의 발자국에서 눈을 떼지 않았고, 심연은 단 한 번도 쳐다보지 않았다. 눈이 뽀드득거리는 소리가 들렸다. 그다음엔 몇 개의 가파른 코스가 나타났다. 첫번째 경사를 지난 후 암벽에 올랐는데, 기어오르기가 어렵지는 않았다. 하지만 그래도 어머니는 보리스가 위쪽에 서서 자일에 매달린 자신을 끌어 올려준다는 사실이 기뻤다. 그는 너무나 확신에 찬 모습이었다! 아래쪽의 세상은 아주 멀리 있었다. 지평선엔 하얀 구름이 걸려 있었다. 한번은 어머니가 발이 미끄러지는 바람에 잠시 심연에 매달려 있어야 했던 공포의 순간에도 보리스는 평정심을 잃지 않았다. 그는 자일에 매달린 그녀를 붙잡으며 그녀를 향해 환하게 미소 지었다. 그리하여 그들은 곧 마지막 암석 덩어리 위에 설 수 있었다. 그 암석 덩어리는 거의 수직으로 공중에 솟아 있어서 정복하기가 그리 어렵지 않았다. 그다음엔 바로 정상에 섰다. 눈이 얼음처럼 단단하게 얼어 있었다. 주철로 만든 십자가가 하나 있었고, 그 아래 두 개의 녹슨 통조림 깡통이 놓여 있었다. 아프리카와 거의 그린란드에까지 이르는 전경이 펼쳐졌다. 산의 정상과 산마루, 산꼭대기들, 푸른 빛을 발하고 있는 빙하들이 보였다. 그들 바로 앞쪽에 더 높은 산 하나가 하늘을 향해 솟아 있었는데, 어머니는 육중한 나무 그루터기처럼 보이는 그 산이 마터호른 산[43]이라는 사실을 알아채지 못했다. 이쪽 방향에서 본 모습이 너무 달랐기 때문이다. 보리스는 돌 위에 앉더니 피크닉 음식을 꺼냈다. 빵, 말린 고기, 말린 살구였다. 차도 있었다. 그가 말했다. "우리는 위대한 시대에 살고 있어. 나는 이 새로운 권력에 참여할 수 있다는 것이 자랑스러워." 그는 턱으로 남쪽을 가리켜 보였는데, 이때 그의 턱은 다시 삽처럼 보였다! "에티오피아는 우리 거야! 우리 조상의 땅 말이야! 멋지지 않아? 이제 우리 젊은이들이 그 일을 할 수 있게 되었다는 게? 난 레오니를 정상으로 이끌 거야. 루피노를 무릎 꿇릴 거야, 안티노리도 마찬가지야! 내가 그렇게 할 거야!" 그의 얼굴이 상기되었고, 어머니는 힘차게 고개를 끄덕였다. 보리스는 그렇게 정열적일 수 있는 사람이었다. 그녀가 외쳤다.

"여기 정상에 오니까 정말 멋지다! 사람들로부터 이렇게 멀리 떨어져 있다니!" 두 사람은 감동의 열기에 휩싸여 있느라 저 먼 곳에 있던 작고 하얀 구름이 어느덧 거대한 구름 산맥으로 변했고 이제는 그들 머리 위에 층층이 쌓여 있다는 사실을 알아채지 못했다. 바람이 불기 시작했다. 그들은 배낭을 메고 하산 길에 올랐다. 이번에는 어머니가 선두에 서고 보리스가 뒤에서 보호했다. 물론 이번엔 더 천천히 앞으로 나갔다. 어머니는 몇 번이나 잡을 것을 찾아 더듬거렸고, 보리스가 정확하게 지시를 해주는데도 불구하고 주저하곤 했다. 이제 그의 목소리에 약간씩 조바심이 담기기 시작했다. 그들이 산등성이를 지났을 때 바람은 폭풍으로 변했고, 그들 머리 위에 떠 있는 구름은 어둡고 위협적인 형상을 이루고 있었다. 누구도 입을 열지 않았지만, 그들은 빠르게 걸었다. 평상시의 안전 속도보다 빠른 속도로 걸었을 것이다. 그들은 카미노를 넘었고, 거의 뛰는 걸음으로 첫번째 경사도 지났다. 한번은 보리스가 조심성 없이 밟아버린 바위가 천둥치는 소리를 내며 심연으로 굴러 떨어졌고 그로 인해 다른 돌들까지 폭포수처럼 쏟아져 내렸다. 그들이 첫번째 경사에 도착해서 넓은 눈밭이 눈앞에 보일 때쯤 천둥 번개가 치기 시작했다. 구름 사이에서 번개가 번쩍였고, 그와 동시에 천둥소리가 우르릉거렸다. 그리고 비가 내리기 시작했다. 어머니는 자일이 자신을 잡아당기는 것을 느끼고 뒤를 돌아보았다. 보리스가 암석 파편들 사이에 웅크리고 앉아 있었다. 피켈은 집어 던져버렸고 두 팔로 자신의 몸을 휘감고 있었다. 어머니는 몇 걸음을 되돌아갔다. 보리스는 사시나무 떨 듯 떨고 있었고, 어머니가 자신의 팔을 만지자 비명을 질렀다. 훌쩍훌쩍 울던 그가 대성통곡을 했다. 그의 몸은 마치 폭풍이 그 안에서 요동치고 있기라도 한 듯 이리저리 마구 휘둘렸다. "보리스." 어머니가 불렀다. "보리스." 천지 사방에서 번개가 치는 바람에 어머니 또한 몸을 움츠렸다. 빗줄기는 얼음 채찍 같았다. 보리스는 두 무릎 사이에 머리를 박고 혼자서 흐느끼고 있었다. 그사이 그의 몸에서는 끔찍한 악취가 풍겨 나왔다. 그렇게 그들은 몸속 깊이 젖은 채 한참을 그곳에 머물러 있었다. 보리스는 이를 덜덜 떨었다. 어머니도 괴로움을 느꼈다. 번개가 한꺼번에 두 번, 다섯 번씩 쳤다. 그 모든 뇌성이 한꺼번에 울리는 바람에 그 소리가 너무나 커서 마치 자신의 뇌 안에서 천둥이 치고 있는 것만 같았다. 그 소리는 끔찍하도록 오랫동안 계속되었다. 마침내 천둥소리가 멀어졌고, 번개의 횟수가 줄어들더니 빗소리도 가늘어졌다. 어머니는 일어섰다. 보리스는 바위 아래 누워 있었다. 죽은 것일까? 그녀는 그를 흔들며 말했다. "잘될 거야." 보리스는 움직이지는 않았지만, 신음 소리를 냈다. 어머니가 말했다. "팬티 벗어. 안 쳐다볼게." 그녀가 이제는 먼 곳에서 지상을 향해 번개가 치는 모습을 바라보는 동안 보리스가 정말로 일어나는 기척이 들렸다. 그는 이리저리 분주하게 움직이며 발작이라도 하듯이 큰 소리로 울어댔다. 하지만 곧

웬 헝겊 뭉치가 그녀 곁을 지나 심연으로 던져졌다. 그것은 바위에 부딪쳐 철썩 소리를 내며 떨어졌다. 어머니가 말했다. "손을 이리 내." 그녀는 보리스를 도와 거대한 눈밭을 지난 후, 산마루 가장자리까지 돌무더기를 밟고 내려갔다. 초원에 다다르자 보리스는 혼자서 걸을 수 있게 되었다. 하지만 그는 여전히 울고 있었기 때문에 돌에 걸려 비틀거렸고 물구덩이를 밟곤 했다. 어쨌든 그들은 고산지 목장에 도착했다. 어머니는 보리스를 스코다 승용차의 조수석에 데려다 앉힌 후 운전대를 잡았다. 그들이 목장 길을 차로 내려오는 동안 다시 햇빛이 비쳤다. 아래쪽의 평지로 내려와서는 포플러 나무들 사이를 달렸는데, 그들의 뒤쪽에서 해가 지자 나무들은 마치 종이를 오려 만든 무늬들처럼 보였다. 갑자기 보리스가 아주 큰 소리로 말했다. "우리 아버지는 천둥번개를 두려워하지 않으셔." 그러고는 다시 침묵했다. 그들이 레오니에 도착했을 무렵에는 날이 어두워져 있었다. 전조등 불빛 속으로 집의 모습이 들어왔고, 그다음엔 문을 향해 비틀거리며 걸어가는 보리스의 모습이 보였다. 어머니는 스코다를 차고에 세워두고, 자신의 방으로 올라와 젖은 옷을 벗은 후, 남은 피크닉 음식을 먹었다.

그 후 그녀는 아이를 출산했다. 그게 나다. 그녀는 이번에는 기뻐해도 되는 상황이기를 바랐다. 그녀는 아이를 바라보며 기뻐하려고 했다. 그런 마음으로 아기를 목욕시키고 젖을

물렸다. 아기의 몸무게를 재고, 아기에게 노래를 불러주고, 먹을 것을 주고 안아줬다. 차에 태워 드라이브를 했다. 아이에게 태양과 빛, 아름다운 세계를 보여줬다.— 하지만 그녀는 기뻐할 수 없었다. 그냥 기쁘지가 않았다. 빛도 없었고, 태양도 없었다. 그녀의 가슴에서는 젖이 나오지 않았다. 그녀의 노래는 끝나기 전에 멈춰버렸다. 또한 그녀가 아기에게 키스할 때면 아기를 거의 질식사 시킬 것만 같았다. 그녀는 웃지 않았다, 아니 그 반대였다. 하루 온종일 그녀는 눈물 없이 흐느껴 울었고, 소리 없이 비명을 질렀다. 밤이면 그녀는 꿈꾸지 않기 위해 잠들지 않고 자신의 몸을 마구 치며 저항했다. 하지만 아침이 되면 그녀는 바로 이 악몽이 자신을 도와줄 수 있기라도 한 듯이 그것에 매달렸다. 새로운 하루 속으로 끌려 들어가지 않기 위해서였다. 이미 한참 전부터 깨어 있으면서도 그녀는 두 눈을 눌러 감았다. 아이가 소리를 질러대도 마찬가지였다. 그래도 결국 일어나게 될 때면 그녀는 마취된 사람 같았다. 백묵처럼 창백한 얼굴과 헝클어진 머리를 하고 그녀는 벽을 따라 살금살금 걸어다녔다. 저녁에도 모닝가운을 입은 채였다. 그녀는 부르는 소리도 듣지 않았고 대답도 하지 않았다. 자신이 가고 있는 곳이 어디인지는 보고 있었을까? 어쨌든 이제 그녀의 기질이란 물 한 잔을 마실 때 떨고, 빵 한 조각을 자를 때 전율하는 것이 되었다. 또한 전화벨이 울리면 깜짝 놀라 의자에서 떨어지는 것도 그녀의 기질이 되었다. 그녀는 요리하는 것을 잊어버리기도 하고, 식사 시간이 아닌데 푸짐한 음식을 식탁에 차려 놓기도 했다. 전기레인지의 열판을 짚고 서서 자신의 손이 익는 것을 알아채지 못하기도 했다. 반대로 밖이 꽁꽁 얼어 있는 날씨에 몇 시간이고 방문을 열어 환기를 시켰다. 그녀는 "죽는다"라는 단어를 발음하지 못해 믿을 수 없을 정도로 아주 기이한 단어를 말했는데, 머릿속에서는 자신이 죽을 수 있는 방법을 있는 대로 다 떠올린 후 그것을 반복하곤 했다. 광에 있는 쥐약 마시기, 부엌칼로 동맥 자르기, 알약을 한꺼번에 삼키고 남은 위스키를 다 마신 후 눈이 내리는 바깥으로 나가서 호두나무 아래 눕기, 끓는 물 속에 눕기, 호수에 들어가 이번에는 멈추지 않고 돌도 내려놓지 않기.— 그녀는 아이를 데리고 갈 생각이었다. 그것은 당연한 일이었다. 그녀는 그것을 이렇게 표현했다. "아이 데려가기."— 그녀는 창가에 서서 이마로 유리창을 눌렀다. 그녀의 입김이 서렸다. 밖에서는 라일락꽃이 피었고, 한여름의 초원이 반짝였으며, 그루터기만 남은 논밭이 두드러져 보이다가 하얀 눈이 숲까지 이어지며 빛을 발했다. 하지만 그녀는 아무런 차이도 알아채지 못했다. 그녀는 손을 비비며 혼잣말을 속삭였다. 그랬다. 그녀가 그렇게 속삭이는 모습이 가장 끔찍했다. 그녀는 그렇게 소곤거리며 유령처럼 온 집 안을 돌아다녔다. 지하실에서 속닥거리는 소리를 냈다가, 곧바로 지붕 위에 있기도 했다. 그녀가 나타나기 전에 먼저 그녀가 소곤거리고 바스락거리는 소리가 들리곤 했다. 속삭이는 소리가 먼저 들리고 나면 그다음에 그녀가 왔다. 그녀는 끊임없이 기도문을 외우기라도 하는 양 입술을 달싹였다. 그녀가 벽을 따라 살금살금 걸어다녔기 때문에, 그녀와 마주치는 사람은 복도의 한가운데를 걷게 되었고, 그러면서 그녀가 말하는 내용을 이해해보려고 시도하곤 했지만 그것은 불가능했다. 그 내용은 원망이었을까, 담판이었을까, 아니면 자기 정당화였을까?— 그녀는 자신의 살갗에서 불길이 솟아오른다거나 해충이 그녀를 내부에서부터 갉아먹고 있다고 생각했다. — 이제 그녀는 항상 밤에 호수로 갔는데, 돌 대신 아이를 안고 가서 호수 안으로 들어가 선 채 두 눈으로 멀리서 빛나고 있는 에트빈의 집 창문을 뚫어지게 바라보곤 했다. 그녀는 오직 그 빛만을, 그 빛이 환하게 반짝이는 모습만을 바라보았다. 그것은 유혹의 별이었다. — 예전에 돌을 떨어뜨렸듯이 그녀가 떨어뜨려버린 아이는 그녀의 치마를 붙잡고 매달렸다. 그녀는 개의치 않았다, 아니 그 사실을 알아채지도 못했다. — 그녀가 너무나 탐욕스러운 눈길로 넋을 잃고 그곳을 바라보는 동안, 그 먼 곳의 궁궐은 점점 더 가깝게, 더 크게, 더 사실적으로 눈앞으로 다가왔다. 그랬다, 이제 그녀는 정원 울타리 앞에 서 있었다. 그녀, 오랫동안 실종되었던 클라라가 횃불로 밝혀놓은 경사진 잔디밭 너머 저 높은 곳에 있는 성의 창문을 살피고 있었다. 유리창 뒤로 그림자가 보였다. 음악 소리와 함께 낮은 웃음소리가 들렸다. 개가 있었던가? 있으면 어때. 개가 있든 없든 그녀에게는 아무런 상관이 없었다. 개들이 그녀에게 온다면 더 잘된 일이었다. 맹견들이 그녀에게 덤벼 그녀를 갈기갈기 물어 찢어야 했다. 그러면 그녀는 목이 물어 뜯긴 채 하얀 드레스를 입고 핏빛으로 물든 잔디밭에 누워 있게 될 것이다!—그녀는 횃불들을 지나 잔디밭을 급히 건넜다. 그녀는 격자 울타리를 잡고 몸을 끌어올려 성의 안쪽을 들여다보았다. 오, 그곳은 정말 화려했다. 수천 개의 촛불들이 샹들리에 안에서 타오르고 있어서 홀은 황금빛 물결이었다. 기다란 식탁 주위에 손님들이 앉아 있었다. 남자들은 턱시도를 입고, 여자들은 야회복을 입고 있었는데, 그녀들의 멋진 가슴 위에서는 다이아몬드가 광채를 발하고 있었다. 저기 저쪽에 앉아 있는 여인이 안주인이었다. 그녀는 아름다웠다. 오 정말이지, 그녀는 멋있었다. 그녀는 웨딩 드레스를 입고 식탁 한가운데에 앉아 있었다. 그녀의 가슴 위에선 붉은색 보석 하나가 빛나고 있었다. 그녀는 미소 지으며 대화를 나누면서도, 눈빛 하나로 모든 하인들을 지휘했다. 어머니는 확실하게 봤다. 그녀가 눈썹을 올리거나 살짝 쳐다보기만 해도, 그들은 잽싸게 이쪽저쪽으로 달려 나가 와인을 따르거나 새 포크를 가지고 왔다. 그녀는 멋지게 그 일을 해내고 있었다. 완벽했다! 에트빈은 그녀 곁에 앉아 있었다. 그가 하얀 장갑을 끼고 있었던가? 어쨌든 주름 장식을 한 턱시도용 셔츠를 입고 있는 것은 분명했다. 머리는 검은 빛으로 반짝였고, 정갈한 가르마는 나무랄 데 없었다. 그의 코는 그 어느 때보다도 더 맹금의 부리처럼 날카로워 보였다. 그는 자신의 아내 위로 몸을 굽히고 뭔가 사랑스러운 말을 들려줬다. 그의 두 눈은 광채를 발했다! 그녀의 두 눈 또한 반짝였다! 그들은 그렇게 앉아 마치 다른 손님들은 존재하지 않는다는 듯이 서로의 눈길 속에 잠겨 있었다. 에트빈의 눈은 강철과 같은 청색이었고, 그의 부인의 두 눈은 검게 빛나고 있었다.—지금, 그런데 지금, 저게 어떻게 된 거지? 어머니의 심장은 흥분으로 미친 듯이 뛰었다. 그녀는 에트빈 옆에 앉아 있는 사람이 자기 자신임을 보았다. 그녀였다. 그래, 그녀였다! 그녀는 처음엔 자신을 알아보지 못했었다. 하지만 분명히 그 사람은 그녀였다. 에트빈은 그녀에게 몸을 돌리고 있었다. 그녀에게!— 소스라치며 그녀는 깨어났다. 아마도 그녀의 아이가 머리까지 물속으로 빠져버린 채 몸부림을 쳤기 때문일 것이다. 그녀는 나를 건져 올린 후 물가로 터벅터벅 걸어나왔다. 다리도, 배도 완전히 물에 젖어 있었다. 물을 줄줄 흘리며 그녀는 집으로 달려와 나를 침대에 눕히고 자신도 침대에 누웠다.— 그녀는 이제 피가 나도록 입술을 깨무는 일이 잦아졌고, 딱지 앉은 상처로부터 턱을 타고 피가 흘러내렸다. 아이는, 그러니까 나는 그녀에게서 도망치면서도, 그녀를 향해 팔을 뻗곤 했다.— 이 무렵 청년 관현악단은 벨러 버르토크의 새 작품을 초연한다고 광고했다. 버르토크는 에트빈의 요청으로 그를 위한 작품을 썼다. (정확하게 말하자면, 아델보덴 근처에 있는 그의 휴가용 별장에서 썼다. 버르토크는 무척 행복해하면서 4주 동안을 오래된 나무 냄새가 나는 방 안에서 지내면서 단 한 장의 신문도 읽지 않았다. 그는 몇 가지 사건이 일어난 것도 모르고 있었는데, 심지어 제2차 세계대전의 시작에 대해서도 알지 못했다. 에트빈이 롤스로이스를 타고 그가 있는 곳으로 올라가 상상할 수도 없었던 일이 일어난 것을 알려주었다. 버르토크는 고개를 끄덕이며 듣다가 다시 고개를 가로저으며 당황해했다. 하지만 그래도 아직 자기 작품의 끝부분을 관현악으로 편곡하지 못했기 때문에, 그는 곧바로 다시 작업에 착수해야만 했다.) 어머니는 욕조에 물을 가득 채우고 옷을 벗은 후 뜨거운 물에 몸을 담그고 온몸에 비누칠을 해서 깨끗이 씻어냈다. 그리고 머리를 감고 한 시간 이상을 드라이기로 말린 후 마치 성처럼 높이 올려 묶었다. 그녀는 화장을 하고 머리부터 발끝까지 단장을 했다. 검은색 비단 드레스를 입고 아버지 시대에 유행했던 목걸이를 했다. 모피 깃이 달린 외투를 입고 얼굴 부분에 망사가 씌워진 모자를 썼다. 연주회는 아직도 역사박물관에서 열렸는데, 그녀는 그런 차림으로 둘째 줄의 익숙한 자기 자리에 앉아 고개를 비스듬히 기울이고 있었다. 그리고 미소를 지었다. 에트빈은 그녀 바로 앞, 상자처럼 생긴 지휘대 위에 서 있었고 그녀는 위아래로 흔들리는 그의 연미복 옷자락 부분을 뚫어지게 바라보았다. 그녀는 아무 소리도 듣지 않았다. 그녀는 어지럼증을 느꼈다. 에트빈이 지휘봉을 내리고 음의 여운 속에 정지해 있을 때, 모든 청중은 마술에 걸린 것처럼 앉아 있었다. 거의 영원처럼 느껴지는 깊은 침묵이었다. 그리고 믿을 수 없을 정도로 우렁찬 박수갈채가 터져 나왔다. 버르토크의 작품 「현악 합주단을 위한 디베르티멘토」는 걸작이었다. 청중들은 자신들이 방금 귀중한 선물을 받았다는 사실을 알아차렸다. 그들은 박수를 치고 또 치며, 멈추려고 하지 않았다. 이번에는 홀의 뒷자리에 앉은 사람들도 열광했다. 과거에 야유를 보내고 휘파람을 불던 이들이 기립해서 환호하며 서로에게 웃음을 보였다. 어머니도 두 손바닥을 맞부딪쳤다. 브라보, 브라보, 이제 어머니는 일어나서 브라보를 외쳤다! 버르토크는 이번에도 모든 연주자들과 악수했다. 에트빈은 항상 그렇듯이 청중을 향해 고개를 끄덕여 보였다. 마치 감사의 인사를 한번 할 때마다 돈이라도 내야 한다는 듯한 태도였다. 연주자들은 활로 악기를 두드렸다. 맨 앞줄에 첼로 연주자가 앉아 있었다. (그녀는 행복해서 얼굴이 상기되었다. 이것은 그녀가 청년 관현악단과 함께한 마지막 연주회였다. 그 후 그녀는 연인이 있는 베를린으로 갔다.)―연주회가 끝난 후 밖에서는 눈이 펑펑 내리고 있었고, 어머니는 역사박물관 앞에 선 채 택시를 기다리고 있었다. 그때 옆문이 열리더니 버르토크가 밖으로 나왔다. 그는 두툼한 외투를 입고 있었는데, 눈송이를 올려다보며 눈을 깜박이고는 곧바로 어머니를 향해서 왔다. 그녀는 "벨러!" 하고 외치며 그에게 한 걸음 다가갔다. 버르토크는 그녀를 응시하더니 "고맙습니다. 고맙습니다" 하고는 그녀를 스쳐 지나갔다. 어머니는 소리쳤다. "나예요, 클라라." 그때 문이 다시 열렸다. 에트빈이었다. "이쪽이에요, 벨러!"라고 그가 외치며 손짓을 했다. 그는 사령관 같은 목소리로 외치며 무표정하게 어머니를 바라봤다. 버르토크는 오른쪽으로 몸을 돌리더니 기쁨으로 빛나는 표정을 지으며 그를 향해 달려갔다. 에트빈은 한 팔을 그의 어깨에 둘렀다. 키가 큰 에트빈과 키가 작은 벨러는 그렇게 하늘에서 쏟아지는 눈을 맞으며 걸어갔고, 멀리 골목 끝에서 황금사자 식당의 입구로 사라져버렸다.— 그날 밤 어머니는 소파 위에 앉아 쿠션을 깨물며 소리쳤다. "더 이상 못 견디겠어!" 그녀는 머리를 벽에 박았다. 그녀는 더 이상 견딜 수가 없었던 것이다. 의사가 불려왔고, 사람들이 그녀를 밖으로 데려갔다. 그녀는 어깨에 모피 깃 외투를 두른 채, 흐느껴 우는 아기 같은 모습으로 실려 갔다. 아이는, 그러니까 나는 실려 가는 어머니 뒤에서 대굴대굴 굴렀고, 끝없는 계단을 기어 내려가 마침내 밖으로 나왔다. 현관의 불빛을 통해 눈이 쌓여 있는 것이 보였다. 두꺼운 발자국들이 어둠 속에 감춰져 있었다. 희미하게 보이는 정원의 문은 열려 있는 채였다.

문은 계속해서 열려 있었다. 아무도 그것을 닫지 않았다. 바람이라도 불었더라면 문이 움직였을 텐데 바람도 불지 않았다. 하늘에서 죽은 참새들이 떨어졌다. 태양은 검었고, 달은 흐릿했다. 아무도 땅 위를 걷지 않았다. 시냇물은 얼어 있었다. 죽은 송어들이 얼음 속에서 밖을 노려봤다. 구름은 나무에 걸려 있었다. 잔디는 잿빛이었다. 화산의 재로 짐작되는 먼지가 온 길을 덮고 있었다. 정원에는 쥐들이 등을 바닥에 댄 채 누워 있었고, 그 위에는 달리다가 마비된 고양이들이 굳어져 있었다. 창문에는 얼음 꽃이 피었다. 어디에서고 아무런 소리도 들리지 않았다. 까마귀들이 까옥거리는 소리도 들리지 않았다. 아무 소리도 들리지 않았다. 세상은 침묵했다. 집은 묘지 같았다.—그 후 어머니가 돌아왔다. 그녀는 전기충격요법으로 치유되었다. (나중에, 한참 후에, 그녀는 전기요법은 그녀가 이제까지 경험한 일들 중에서 가장 끔찍한 것이었다고 말했다. 그녀가 그 얘기를 한 것은 단 한 번뿐이었다! 그녀는 어느 방으로 인도되었다. 사방 벽은 녹색이었고 창문은 없었다. 천장에 전등이 달려 있었고, 좁은 침대용 소파 외에 다른 가구는 하나도 없었다. 소파에는 어두운 색의 인조가죽이 씌워져 있고, 끈과 철제 죔쇠가 달려 있었다. 기계 장비와 전선들이 보였다. 하얀 가운을 입은 세 명의 남자가 그녀 옆에 있었는데, 그들은 그녀를 소파에 묶었다. 다리에 끈을 두르고 손목에도 끈을 둘렀다. 그녀는 저항했지만 온 힘을 다해 저항하지는 않았다. 그녀는 아무 말 없이 굳은 채 거기 누워, 그녀의 머리가 나사로 조여지는 것을 느꼈다. 일종의 헬멧 같은 것이었다. 사람들은 고무 조각을 그녀의 입속에 강제로 집어넣었다. 이제 그녀는 비명을 지르려고 했고, 흐느끼기도 했으며, 소음을 일으켰다. 하지만 의사들은 그녀에게 관심을 기울이지 않고, 자기들끼리 대화를 나눴다. "90에서 시작할까?"—"그래, 그게 좋겠어. 그러면 계속해서 올릴 수 있으니까."―전기 쇼크는 폭발과도 같았다. 머릿속에서 번개가 치는 것 같았고, 근육 하나하나에 채찍질을 하는 것 같았다. 그녀는 몸을 일으키며 고무를 깨물고 두 눈을 힘주어 감았다가 크게 떴다. 그리고 자신의 내면을 향해 늑대처럼 울부짖었다. 그녀는 늑대였다. 그녀가 미동도 하지 않고 가만히 누워 있게 될 때까지 그녀 안에서 천둥번개가 쳐댔다. 묶은 것을 풀었는데도 마찬가지였다. 고무 조각을 제거하자 그녀의 입은 벌어져 있었다. "됐어요. 끝났습니다." 다시 자신의 방으로 옮겨진 그녀는 등을 대고 누운 채 천장을 올려다봤다. 매일 아침 그녀는 치료실로 옮겨졌다. 속이 텅 비도록 다 타버린 그녀가 마침내 알아서 소파에 눕고, 망설임 없이 가죽 수갑에 손을 얹게 될 때까지 그 작업은 계속되었다. 그때쯤엔 그녀가 전기충격 전에 느끼는 감정이 전기충격 후에 느끼는 감정과 비슷한 정도가 되었다. 그 정도로 미약해졌다. 그 나머지 시간에 그녀는 자신의 하얀 방에 누워 있었다.―빛, 빛이 들어왔다. 커튼이 나부꼈다. 그사이에 계절은 봄이 되었던 것이다.―그러다가 의사 한 명이 들어와 그녀는 이제 건강해졌으니 집에 가도 좋다고 말해줬다. "이렇게 다시 건강해지다니 정말 대단한 일 아닙니까?" 그 말을 듣고 어머니는 자리에서 일어나, 잠옷과 칫솔을 작은 트렁크에 챙겨 넣고 옷걸이에 걸린 모피 깃 외투를 꺼내 집으로 왔다. 집에서는 그녀의 아이, 그러니까 내가 여전히 대문 아래 서 있다가, 그녀가 열려 있는 정원 입구에 나타난 것을 보고 바지에 오줌을 싸버렸다.)― 이제 태양이 다시 빛났고 꽃들이 만발했다. 잔디밭엔 녹색이 넘쳐흘렀다. 먼 곳에서, 보이지 않는, 아직은 보이지 않는 먼 곳에서는 전쟁이 벌어지고 있었다. (히틀러가 폴란드를 초토화시켰다.) 어머니는 트렁크를 침실에 놓고 외투를 옷장에 건 후, 그녀의 가장 낡은 치마를 입고 등산화를 신고는 정원으로 나갔다. 그녀는 라일락과 산사나무를 베어버리고, 수선화와 튤립, 붓꽃, 방울꽃, 앵초 같은 것들을 전부 뽑아버렸다. 그녀는 그동안 가꿨던 꽃밭을 삽 한 자루만 가지고 뒤엎었다. 이제 그곳은 온통 황량한 벌판이 되었다. 남자들은 이제 없었다. 그녀는 곡괭이로 흙더미를 잘게 부수고 돌들을 한곳에 쌓았다. 그 밭이 돌밭이었기 때문에 돌은 셀 수도 없이 많았고, 돌무더기는 곧 산만큼 높이 솟았다. 그녀는 이미 잘게 부순 밭의 흙을 갈퀴로 몇 번이나 다시 골랐다. 드디어는 흙이 낟알만큼이나 잘게 골라졌다. 거의 밀가루 같았다. (히틀러는 덩커크에서 영국인들을 바다로 내몰았다.) 어머니는 파종용 꼬챙이로 구멍을 파고 손등으로 고랑을 만들었다. 그녀는 작은 봉투에 담긴 씨앗들을 뿌리고, 모종을 땅에 단단히 심었다. 그리고 하나하나 물을 줬다. 그 물은 별로 차갑지 않은 빗물로, 그녀가 공구용 헛간 옆의 작은 늪 가운데 놓아둔 녹슨 통에서 길어 온 것이었다. 그녀가 몸을 기울여 한 손을 하늘 쪽으로 높이 들어 올린 채 물뿌리개를 질질 끌고 갈 때면 찰랑거리며 물이 쏟아지곤 했다. 그녀는 나무막대기를 땅속에 박았다. 긴 것은 덩굴 콩을 위한 것이었고, 짧은 것은 완두콩을 위한 것이었다. 또한 그녀는 밤나무와 너도밤나무 아래 수건을 펼쳐놓고, 사다리 위에 올라가 나무를 쳐서 딱정벌레들을 떨어뜨렸다. 갈색 딱정벌레 수천 마리를 (히틀러는 팔을 높이 뻗은 채 파리로 진군했다.) 양동이에 채워 넣은 후 1리터에 5라펜을 받고 딱정벌레 수집상에게 가져다줬다. 그녀는 자전거의 오른쪽과 왼쪽 손잡이에 양동이를 걸고 자전거를 몰았다. 물론 몇 번이나 쐐기풀 밭에 처박혔고, 그러면 딱정벌레들은 달아나버렸다. 주변 어딘가엔 항상 개도 있었다. 그녀는 이제 개를 한 마리 데리고 있었던 것이다. 그녀는 노란색 인피 섬유로 토마토를 높이 묶고 잘못된 싹은 뽑아버렸다. 그녀는 아직 푸른빛을 띠고 있는 딸기 아래 부드러운 대팻밥을 깔았다. 그녀는 농약을 뿌렸다. (히틀러가 코벤트리에 폭탄을 투하했다.) 그녀는 토탄이나 낙엽으로 꽉 찬 외바퀴 손수레를 밀며 밭이랑 사이의 신발 너비만 한 좁은 길들을 쏜살같이 돌아다녔다. 정말이지 그녀는 언제나 뛰어다녔고 걷는 법이 절대 없었다. 그녀는 정원용 호스로 쥐구멍을 막은 후 물을 틀고는 다른 쪽 구멍으로 도망쳐 나오는 쥐들을 삽으로 쳐서 죽였다. (이제 히틀러는 거의 북극 근처인 나르비크까지 진격했다.) 그녀는 양동이와 쓰레받기를 들고 농부들의 말 뒤를 따라 다니면서 말똥을 모았다. 길가의 카모마일을 따다가 수건 위에 놓고 말렸다. 창문턱마다엔 반은 녹색이고 반은 붉은색인 토마토들이 놓여 있었다. 토마토 향이 가득했다! 정원 입구로 가는 길에

깔린 화강암 포석들은 이글거리도록 뜨거웠다! 도마뱀들이 자갈들 사이로 사라졌다! 어머니는 언제나 들장미즙 통이나 잡초 위로 몸을 구부리고 있었다. 그러다가 가끔씩 몸을 일으키며 윗입술을 뒤집어 블라우스 속으로 공기를 불어넣었다. 그녀도 더위를 느꼈던 것이다! 모기들, 사방에서 모기들이 윙윙거렸다. 파리 떼가 그녀의 머리 주위를 맴돌았다. 그녀는 관목들 사이에 쪼그리고 앉아 콜로라도 딱정벌레들을 쫓았다. 그녀는 두더지가 만들어놓은 흙더미들을 파헤쳤고 풍뎅이의 유충들을 밟아 죽였다. 땅강아지, 만일 땅강아지 한 마리가 밭이랑 위로 달려가기라도 하면 난리가 났다! (이제 무솔리니도 제정신을 잃고 그리스로 진격해 들어갔다.) 정말 산처럼 쌓여 있는 퇴비 더미 위에서 커다란 오이가 자라고 있었다. 호박들은 원시시대 동물들처럼 서로 포개진 채 무성하게 자랐다. (히틀러는 머리 위에 깃털 모자를 쓴 페탱을 만났다.) 날이 선선해지고 비가 억수같이 쏟아지자 어머니는 검정색 망토를 휘감고 감자 밭에 쪼그리고 앉아 감자를 캤다. 그녀는 여러 상자를 가득 채운 후, 두 다리를 넓게 벌려 걸으며 상자들을 지하실로 날랐다. 그녀는 양파를 땋아 묶은 후 그것을 헛간에 걸어두었다. 그 양파 묶음의 강한 향은 닫힌 문까지도 뚫고 나와 이끼 냄새 나는 물통이 있는 곳까지 풍겼다. 추수는 축제가 아니었다. 어머니는 축제를 벌이지 않았다. 하지만 곳곳에 사과, 배, 모과가 쌓여 있었다. 견과류도 있었다. 어머니는 부엌에 서서 잼을 만들었다. 김이 났다. 설탕을 구하기 어려운 때였는데도, 그녀는 어디에선가 설탕을 구해 왔다. 하지만 과일 절임을 만들기 위한 것이지, 먹기 위한 것은 아니었다. 셀로판지와 빨간 고무줄도 마련되어 있었다. 배와 살구와 자두 절인 것을 담기 위해 그녀는 뷜라흐에서 제조된 녹색 유리병을 준비했다. 무슨 이유에서인지는 몰라도 유리병이 뷜라흐산이라는 사실이 중요했다. ― 그녀는 청소하고, 뛰어다니고, 요리하고, 박박 솔질을 해댔다. 한때는 침대에서 빠져나오지도 못했던 그녀가 이제는 해가 뜰 때 일어나 자정에 잠자리에 들었다. ― 그다음엔 눈이 내렸다. 그녀는 삽으로 눈을 퍼서 길을 내거나 나무절구로 뭔가를 으깼다. 그런 일을 하고 있지 않을 때는 유일하게 난방이 허용되어 '온방'이라고 불리는 방에 앉아 있었다. 그녀는 바지를 꿰매고, 양말을 수선하고, 스웨터를 떴다. 그리고 오래된 은그릇, 과거에 사용하던 은그릇들이 반짝이고 빛을 내고 광채를 발할 때까지 닦았다. 다 닦은 후엔 다시 집어넣고 자물쇠를 채웠다. 식사 때 그 그릇들을 사용하는 일은 전혀 없었다. ― 그녀는 더 이상 호수에 가지 않았다. 가끔 작은 책상 앞, 그 제단 앞에 서 있기만 했다. 하지만 실제로 기도를 하지는 않았다. 그냥 프로그램 한 권을 집어 읽지도 않고 뒤적거리다가 다시 제자리에 놓을 뿐이었다. 때때로 그녀는 창가에 서서 숲 쪽을 바라봤다. 하지만 그것은 드문 일이었고, 자주 그러지는 않았다. ― 그녀는 그렇게 살았다. 히틀러는 러시아를 침공했고, 어머니는 양파를 심었다.

히틀러는 모스크바를 포위했다. 어머니는 무를 뽑았다. 롬멜의 탱크 부대가 사하라 사막에서 몽고메리의 탱크 부대를 쫓아냈다. 어머니는 마른 가지들을 태우는 불의 연기 속에 서 있었다. 히틀러는 돈 강에 도달했다. 어머니는 기다란 옥수수 줄기 사이에 서 있었다. 스탈린그라드에서 전투가 벌어졌다! 어머니는 검은색 커튼을 만들어, 그것을 모든 창문에 걸고는 밖으로 나가 눈 속을 걸으면서 어떤 틈새로든 약간의 빛이라도 새어나오지는 않는지 살펴봤다. 미국인들이 시칠리아를 정복했다. 어머니는 제대로 익지 않고 썩어가는 토마토 앞에서 손을 비비며 서 있었다. 미국군, 영국군, 캐나다군, 그리고 프랑스군이 노르망디에 상륙했다. 어머니는 콩밭에서 은빛으로 반짝이는 은박 띠를 벗겨냈다. 어머니가 토끼에게 먹이를 주는 동안, 주위 사람 누구보다 키가 큰 드골이 자신의 부대를 선두에서 이끌며 파리에 입성했다. 연합군이 라인 강가에 도착했을 때, 어머니는 지하실에 있는 장방형 왕골 바구니에 사과를 채워 넣고 있었다. 그리고 히틀러가 제정신을 잃기라도 한 듯이 아르덴 공세를 명령했을 때, 어머니는 숲에서 어린 전나무를 쓰러뜨리고 있었다. 때는 크리스마스 시즌이었는데, 어머니는 그때까지 반짝이는 촛불을 매단 트리 없이 크리스마스를 지내본 적이 단 한 번도 없었기 때문이었다. 산림 감독관에게 들키지 않도록 그녀는 저녁 어스름에 나무를 벴다. 러시아인들은 베를린까지 밀고 나왔고, 어머니는 새로운 밭이랑을 마련했다. 1945년 5월 8일

정오에 모든 종들이 울렸다. 멀리 지평선 너머로부터였다. 어머니는 교회 가까이에 살고 있지 않았다. 마치 땅 자체가 진동하는 것만 같았다. 어머니는 갈퀴로 흙덩이를 잘게 부수고 있다가 갈퀴를 밭이랑에 떨어뜨리고는 5년 동안 작업복이나 전정용 가위를 올려놓는 일에만 사용해왔던 정원 벤치 위에 앉았다. 그녀는 숨을 들이마시고 내쉬었다. 벚나무엔 꽃이 피었고, 제비들은 둥지 주위를 날아다녔다. 도요새가 지저귀었다. 금사슬나무의 노란꽃이 가지로부터 흘러내리듯 피었고, 등꽃이 만개했다. 멀리 저 아래 들판과 거리로부터 검은 점들이 가까이 다가왔다. 점점 더 커지더니 마침내 그 모습을 드러냈다. 남자들이었다. 남자들이 제복 차림에 배낭을 메고 카빈총을 어깨에 건 차림으로 되돌아왔다. 그들은 웃으며 손짓했다. 이제는 벌써 누가 누구인지 알아볼 수 있었다. 어머니도 손을 들어 흔들었다. 그녀는 개에게 말했다. "개야, 오늘부터 우리는 평화를 견뎌내야 한단다. 우리 둘이서." 그녀는 일어나서 바닥에 앉아 돌로 성을 쌓고 있던, 난공불락의 요새를 짓고 있던 아이를 넘어 위쪽으로 걸어 올라가더니 집 안으로 들어가버렸다.

전쟁이 끝났다. 살아남은 사람들은 모두 고개를 들고 주변을 돌아보았다. 어머니도 마찬가지였다. 다른 사람들은 어떻게 됐지? 하지만 시로부터 멀리 떨어진 외곽에 살고 있던 어머니는 별 소식을 듣지 못했다. 그래서 그녀가 처음으로 소식이라고 할 만한 것을 들은 것도 한여름이 되어서였다. 태양이 작열하는 어느 무더운 날이었다. 소식을 전해준 사람은 베른, 하필이면 베른이었다. 어머니는 도심에 위치한 백화점 EPA의 남성용 속옷 할인 판매대 앞에서 그를 만났다. 어머니는 얼굴이 상기되었고, 들키지만 않을 수 있었다면 도망이라도 갔을 것이었다. 왜냐하면 레르미티에 가와 보트머 가의 사람들, 그리고 에트빈의 부인이라면 절대 찾지 않을 상점에서 갑자기 아는 사람을 만났기 때문이었다. 그들이라면 절대 이런 곳엔 오지 않을 것이었다. 크기를 재보려고 깃발만 한 속옷을 배 앞에 대고 있던 베른은 전혀 창피해하지 않았다, 아니 그 반대였다. 그는 기뻐하며 수치심으로 얼굴이 빨개진 어머니를 껴안고 그녀의 두 뺨에 키스했다. "클라라! 정말 반가워!" 그는 이국적으로 보이는 여인을 대동하고 있었는데, 아주 자그만 체구의 미인으로 아몬드 형의 갸름한 눈에 환한 미소를 짓고 있었다. 그녀는 발리 출신이었고 그의 아내였다. 알고 보니 그 두 사람은 당나귀와 배를 갈아타가며 정말로 모든 항구마다 다 들르는 모험적인 여행을 한 끝에 이틀 전에야 도시에 도착한 참이었다. 그들은 종전이 선포된 날 출발했었다. "어떻게 발리에서 출발을 하게 됐어요?" 하고 어머니가 물었다. 베른은 웃더니 속옷을 할인 판매대에 다시 던져 놓았다. "행운이랄 수도 있고 불운이랄 수도 있는 일이죠. 판단은 직접 해봐요." 그가 막 저 남태평양을 여행하고 있을 때, 아시아에도 전쟁이 불어닥쳤다.

고향으로 돌아올 길이 묘연해졌다. 그런 황당한 상황에서 그는 자신이 할 수 있는 최선의 일을 했다. 그 최선의 일이란 젊고 아리따운 섬 처녀에게 구애하는 것이었다. 그런데 알고 보니 그에게 넘어온 처녀가 어느 지역 왕의 딸이었다. 베른은 그 왕에게 자신은 유럽에서 온 왕이자 마법사로서 손가락 한번 튕기면 왕의 농작물을 갉아먹는 진딧물을 없애버릴 수 있다고 말했다. 그는 손가락을 튕긴 후 자신의 제품을 뿌리고 다시 한 번 손가락을 튕겼다. 왕은 자신의 식물들이 활짝 피어나는 모습을 바라보며 놀라움을 감추지 못했다. 공주인 그의 딸도 마찬가지였다. 그리하여 왕은 자신의 딸을 베른에게 아내로 주었다. 이제 베른은 종려나무 잎으로 지은 호사스러운 오두막에서 살며 금줄로 짠 해먹에서 잠을 잤고 화려하게 조각된 나무 그릇에 사탕수수로 만든 화주를 담아 마셨다. 또한 그 지역의 담뱃잎을 직접 말아 만든 시가를 피웠는데, 그것은 완전한 행복 중에서 유일하게 씁쓸한 부분이었다. 그는 유럽인의 정열로 자신의 부인을 사랑했고, 그녀는 발리인의 헌신으로 그의 정열에 답했다. 그는 가방 가득 악보 용지를 담고 귀를 쫑긋 세운 채 원시림을 헤매고 산맥을 넘어 섬의 가장 깊은 곳에 있는 마을까지 들어가 음악처럼 들리는 것이라면 아주 사소한 것이라도 모두 다 기록했다. 갈대피리 소리, 북 두드리는 소리, 풀밭에서 사그락거리는 소리를 기록하고, 짐승들이 합창하듯 포효하는 소리도 기록했다. (실제로 2년 후인 1947년 9월 파리의 갈리마르 출판사에서 프랑스어로 그의 『발리 음악 개설』이 출간되었다. 온갖 악보의 예와 기본 원리의 분석을 담은 2천 페이지가 넘는 두꺼운 이 책은 곧 필독서로 자리 잡았다.) 그는 모든 물건들을 수집했다. 가면, 방패, 문설주, 통나무배, 남성집회소 등을 다 수집했다. 그가 도착한 지 3년 후 여러 대의 화물 차량에 실려 도시에 도착한 그의 수집품들은 곧 큰 화젯거리가 되었고 민족학 박물관의 세 홀을 가득 채웠다. 그 물건들 때문에 꽤 많은 로마시대 벽돌, 중세시대의 요리용 철판과 18세기의 냄비들이 지하실로 자리를 옮겨야 했다.— 베른과 그의 부인은 전에 에트빈의 집이었던 강가의 집에 임시로 거주하고 있었다. 에트빈은 결혼 후 그 집을 임시 거처로 계속 사용했다. 연습과 연습 사이의 휴식을 위해, 조용한 작업을 위해, 그리고 가끔씩 있는 모험을 위해. 이 말을 하며 베른은 어머니를 향해 환하게 웃었다. "에트빈과 여인들, 당신도 잘 알잖아요. 그 친구는 여전히 아무것도 포기하지 않는다니까요." 그는 요란하게 웃음을 터뜨렸고, 어머니 또한 겨우 미소를 지을 수 있었다. 그러자 베른, 그가 일어섰다. 이전보다 살이 찌고, 행복으로 충만한 모습이었다. 이제 그는 자신의 시가에 정말로 불을 붙여 물었다. 그는 자기 부인이 그의 왕국에 완전히 감명받았다고 말했다. "여기 이 모든 것들"이라고 말하며, 그는 황제 같은 몸짓으로 온갖 상품과 손님들을 가리켰다. 그녀는 그가 EPA 백화점의 점원들을 다스리는 줄 안다는 것이었다. 또한 식당의 점원, 우편배달부, 전철도 그가 다스리는 줄로 안다고 했다. 그는 마침 거울 앞에 서서 밀짚 모자를 써보고 있는 자신의 부인에게 손짓을 했다. 40퍼센트가 할인되어 특별가 8프랑 50라펜짜리였다. 거울에 비친 모습이 더해져 두 명이 된 그녀는 매력적이었다. 그녀는 베른이 쥐어준 매력적인 지폐를 손에 들고 있다가, 그것을 계산대의 하녀에게 주었다. 그리고 한 줌의 반짝이는 동전을 돌려받은 후에야 그 모자를 소유할 수 있었다. 그녀 또한 손짓을 하고 깡충 뛰며 웃었다. 베른은 정말 권세 있는 지배자였다. 어머니는 두 사람과 함께 거리로 나가 그들이 꼭 껴안은 채 멀어져 가는 뒷모습을 바라보았다. 시가 연기에 휩싸인 이 국왕 부부에게 하인들이 존경을 담아 길을 비켰다.—지방 작곡가는 전쟁 중이던 어느 추운 겨울날 죽었다. 그는 추위와 굶주림과 목마름에 시달리다 죽었다. 아무도 그의 죽음을 눈치 채지 못했다. 집세를 받으려고 갔던 집주인이 그를 발견했다. 아무도 그의 장례에 오지 않았다. 비가 폭포수처럼 쏟아지던 날이었다. 묘지 사무소의 두 직원이 빠른 걸음으로 그를 묘지로 운반했다. 그들 중의 한 사람은 아르바이트하는 음대생이었는데 그가 장례식장 건물로 되돌아오는 길에 자기 스스로도 그 이유를 모른 채 「프랑수아 리샤르의 그대 앞에 흐르는 시내 주제에 의한 다섯 개 변주곡」 마지막 부분 멜로디를 혼자서 흥얼거렸던 것은 정말 기적이었다. 그 곡은 저 희망곡 콘서트의 인기곡이 아니었던가. 어쨌든 에트빈이 화환을 보냈는데, 그 화환은 비에 젖은 채 외롭게 묘지 봉분 위에 놓여 있었다. 한쪽 리본에는 "감사하며"라고 적혀 있었고, 다른 한쪽에는 "청년 관현악단"이라고 적혀 있었다. 거기 명함 한 장이 클립으로 끼워져 있었다. 보랏빛 잉크의 활기찬 글씨체로 "행복하세요, E."라고 씌어 있었다. 잉크가 눈물처럼 긴 자국을 남기며 묘지의 흙 위로 흘러내렸다.— 청년 관현악단의 제1바이올린 수석 연주자, 그 노련했던 이도 유명을 달리했다. 그는 총동원령이 내려진 날 심장마비를 일으켰다. 어차피 거기 참가하기엔 너무 늙은 나이였지만. 그는 그 후 3년 동안 딸의 집 안락의자에 앉아 지냈다. 떨리는 오른손에는 활을 들고 바이올린은 무릎 위에 놓은 채였다. 11월의 어느 흐린 날 바이올린이 바닥으로 떨어졌고, 그가 그것을 짓밟았다. 일부러 그런 건지 아닌지는 알 수 없었다. 다음 날 아침 그 역시 죽었다.— 첼로 연주자는 부헨발트에서 살해되었다. 연주회 도중에 게슈타포에 의해 체포되었을 때 그녀는 임신 3개월째였다. 진눈깨비가 내리는 날 꽁꽁 얼어붙은 밭을 삽으로 파서 일구라는 명령을 받자, 그녀는 감시인에게 소리를 질렀다. 아니 그녀 내부로부터 소리가 질러져 나왔다. 이 일을 하다가는 그녀와 그녀의 아이가 죽겠다고 했다. 감시인은 그녀의 손에서 삽을 빼앗아 그녀를 때려 죽였다. 그녀와 그녀의 아이를.— 자미 히르쉬(그는 어머니에게 영어로 편지를 보내왔다)는 마지막 순간에 그의 부모님을 거의 강제로 스위스로 끌고 갔었다. 바젤로 가서 친구들 집에 거처를 정했다. 그림과 가구들은 프랑크푸르트에 남겨두었다. 그것은 나치들이 그와 그의 부모가 이사할 수 있도록 해준 데 대한 대가였다. 그의 부모님은 얼마 지나지 않아 거의 동시에 돌아가셨다. 재산도 없고 돈이 될 만한 증권도 없었던 그는 장례를 치른 후 힘겹게 마르세유까지 갔다가, 리스본을 거쳐 뉴욕에 도착했다. 그곳에서 그는 모든 시험을 영어로 다시 치른 후, 이제는 소더비 사의 법률고문으로 일하고 있었다. 그는 편지에 이렇게 썼다. "나는 다시는 독일어를 쓰지 않을 겁니다. 클라라, 때로 나는 우리가 호수에서 수영하던 모습을 꿈에서 보곤 한답니다. 더 행복했던 시절이었지요. 잘 지내요. 자미." — 디타와 벨러 버르토크 역시 미국으로 간신히 도망칠 수 있었다. 그들도 뉴욕에 도착했다. 첫날부터 버르토크는 지독하게 불행해했고 몸도 아팠다. 그는 병원에 입원했다가, 연주회를 하고, 다시 병원에 입원했다. 한번은 그가 병원에 누워 있는데, 갑자기 그가 알지 못하는 웬 남자가 그의 침대 곁에 서 있었다. 그는 자신이 "세르게이 쿠세비츠키"[44]라고 소개했는데, 다름 아닌 보스턴 심포니 오케스트라의 수석 지휘자였다. 물론 버르토크도 그에 대해 들어본 적이 있었다. 그는 자신의 부인이 죽었는데, 지상에서 그 누구보다도 더 사랑했던 사람이기에 버르토크가 그녀를 추모하는 곡을 써주기를 바란다고 말했다. 레퀴엠을 써달라는 것이었다. 그러면서 수표를 내밀었다. 허약해지고 피곤해 있던 버르토크는 고개를 가로저었고, 쿠세비츠키는 실망해서 돌아갔다. 하지만 그 후 그는 여름 내내 사라낙 호숫가의 어느 통나무집 방 안에 처박혀 「관현악단을 위한 교향곡」을 썼다. 모차르트와는 달리 그는 자신이 쓴 레퀴엠의 초연까지도 들을 수 있었다. 쿠세비츠키의 지휘로 보스턴 심포니가 연주했는데, 이 연주는 미국에서 버르토크 붐의 출발이 되었고, 그를 리하르트 슈트라우스와 세르게이 프로코피예프까지 포함한 동시대 작곡가들 중의 최고 작곡가로 만들어주었다. 그는 뉴욕의 방 두 칸짜리 집으로 돌아와 죽었다.— 큰삼촌 또한 전쟁을 넘기지 못했다. 사방에서 파시스트들이 짖어댔고, 그의 아들이 그중 가장 큰 소리로 짖었다.— 이제는 보리스가 레오니의 주인이었다. (두 작은삼촌은 그라파 브랜디 통에 매달려 있었고, 숙모는 검은 그림자처럼 복도를 돌아다녔다.) 보리스는 뚱뚱해졌고 기분 나쁜 미소를 짓고 있었다. 그는 매일 자기 아버지의 재규어 자동차를 타고 알바로 가서, 16세기에 지어진 쇠락한 저택의 살롱 안 르네상스 의자에 앉은 채, 거미줄과 찢어진 커튼 사이에서 이제 더 이상 아주 젊다고는 할 수 없는 한 여성이 하는 말에 넋을 잃고 있었다. 그녀는 강철같은 푸른 눈을 갖고 있었고, 금발로 염색한 머리에 말처럼 크고 긴 이빨을 갖고 있었다. 그녀는 마지막 러시아 황제의 딸 아나스타시아였다. 어쨌든 보리스는 그렇게 믿고 있었고, 그 가짜 아나스타시아도 자신이 진짜라고 믿고 있는 것일 수도 있었다. 그녀가 황녀가 아니라면, 그녀의 날카로운 웃음소리, 그녀의 황제와 같은 움직임, 찻잔을 식탁에 놓을 때의 그 우아한 태도는 어디서 온 것이겠는가. 보리스는 점점 자신의 전 재산 그 이상을 그녀에게 가져다주었다. 그들은 함께 황제 가문의 재산을 되찾고자 했다. 아나스타시아는 그 대가로 보리스에게 호박으로 장식된 방의 절반을 주겠다고 약속했다. 그것은 그의 연인의 자수 주머니에서 사라져가고 있는 재산을 보상하고도 남는 액수였다. 이제 더 이상 아무도 감독을 안 하게 되자 자연히 레오니는 조금씩 영락하게 되었다. 교회 탑의 창가엔 다시 풀과 덤불이 자랐고, 테라스엔 쐐기풀이 우거졌다. 와인 역시 과거에 농장이 카니라는 이름을 가지고 있고 적들의 신에 의해 지배되던 때의 맛으로 되돌아갔다. 검둥이는 그때 당시에 그들을 완전히 정복할 수 없었다. 그리고 이제는 그들이 복수를 하고 있는 것이었다. 보리스는 몽상에 빠져 있었다. 그는 러시아 황제의 딸을 알고 있었고, 그녀가 그를, 바로 그를 다른 누구보다도 더 좋아했다! 그는 부자가 될 것이었다. 헤아릴 수도 없을 만큼 큰 부자가 될 것이었다. 피몬트 지방과 그보다 훨씬 더 먼 지역까지 통틀어서 이제까지 누구도 되어본 적이 없는 큰 부자가 될 것이었다.— 에트빈은 전쟁을 이용하여 회사 일에 뛰어들었다. 히틀러가 폴란드에 진격한 직후 그는 자신이 중역회의의 의장으로 선출될 수 있도록 손을 썼다. 결국 주식 지분의 73퍼센트가 그의 소유였으니까. 그는 전략적으로 적극적이고 재능 있는 사업가임이 드러났다. 첫번째로 그는 고위 군인 한 사람을 실무 담당 간부로 영입했다. 참모부에 배

속된, 군대 약어로 참모부 '소속' 여단장으로 주로 국가정신 강화운동[45]을 담당하고 있는 인물이었다. 그는 경영에 대해 어느 정도 알고 있었고, 기계공장을 위해 몇 가지 사업이 가능하도록 해줬다. 그는 에트빈 직속 부하로서, 일종의 오른팔 내지는 직접 행동에 옮기는 팔과 같은 역할을 맡았고, 얼마 지나지 않아 어느 정도 친구 같은 관계가 되었다. 아무튼 그는 너무 자주는 아니어도 종종 에트빈의 벽난로가 설치된 방에 앉아 아바나 시가를 피우고 (에트빈은 전쟁이 한창인 때에 어디서 아바나 시가를 구했을까?) 전쟁이 나기 한참 전에 생산된 와인 무통 클로뒤루아를 마셨다. 그 와인은 에트빈이 굉장히 많이 사두었기 때문에 30년 전쟁이 벌어졌어도 충분할 정도였다. 매일 아침 7시면 여단장은 에트빈에게 하루 거래 수입, 주문 상황, 장기 목표 재설정, 그리고 사고 등에 대해 보고를 해야 했다. 그리고 그날의 명령을 받았다. 이때 에트빈은 자신의 책상에 신중하고 진지한 모습으로 앉아 있었다. 그의 뒤에서는 호수가 반짝였다. 여단장은 서 있었다. (그는 당일 중에 베른으로 가야 할 경우에만 제복을 입었다. 그럼에도 불구하고 에트빈이 고개를 끄덕여 나가라고 지시할 때면 그는 신발굽을 맞부딪치지 않기 위해 자제를 해야 했다.) 전쟁은 기계공장의 제품을 위한 광대한 시장을 열어주었다. 에트빈보다 약한 사람이었다면 그 규모에 현기증을 느꼈을 것이다. 자국의 군대뿐만 아니라 독일 국방군도 모든 종류의 기계를 엄청나게 많이 필요로 했다. 은신처를 만들기 위한 목적으로 톤 단위의 금속이 영원히 사라져버렸다. 러시아 출정을 위해서는 한도 없이 많은 차량 바닥이나 종축이 있어야 했다. 그러나 에트빈은 이런 일들로 인해 눈곱만큼도 어지러움을 느끼지 않았다. 오히려 그는 활기에 차서 돌진하듯이 복도를 돌아다녔고, 노크도 하지 않고 사무실로 들어섰다. 만일 직원이 마침 창가에 서서 먼 곳을 바라보며 꿈꾸고 있었다면 낭패였다!― 그는 저녁마다 정부 각료 및 장군과 활발한 대화를 나눴다. 동원령이 있을 때마다 그도 토론에 참여했다. 생산력과 군복무 능력은 매번 경쟁관계에 놓여 있었다. 1943년 3월의 어느 의미 있는 저녁에 그들이 베른에 있는 슈바이처 호프 호텔의 살롱에 앉아 코냑을 마시고 있을 때였다. "아, 에트빈." 장군이 프랑스어로 외쳤다. "아, 에트빈. 내가 만일 당신 말을 듣는다면, 나의 작은 군대엔 더 이상한 사람의 군인도 남아 있지 않게 될 거요!" 막 화장실에서 돌아오는 길에 장군이 던진 농담의 끝부분만을 들은 각료 코벨트도 함께 박장대소했다.― 기계공장은 엄청나게 빠른 속도로 성장하여, 전쟁 시작 후 2년째에는 벌써 모든 생산설비가 완전히 가동되었고, 에트빈은 많은 수의 부품을 바젤비트와 쥐라 산맥 지역의 중소기업에까지 발주해야 했다. 이러한 기업의 직원들이 본사의 노동자들보다 더 일을 잘하는 경우가 종종 있었다. 특히 쥐라 산맥 지역에서는 0.1밀리미터의 오차를 넘으면 해고 사유가 된다는 속설이 있을 정도였다. 우연한 기회에 에트빈은 그런 기업들은 대형 주문을 줬다가 하룻밤 사이에 취소해버리면 즉시 끔찍한 어려움에 처하게 된다는 것을 알게 됐다. 그다음엔 완전히 헐값에 그 기업을 살 수 있었다. 처음엔 우연하게 그런 일이 벌어졌었다. 그 대상은 겔터킨덴의 '해니 에르벤'이라는 가족기업으로서, 전쟁 전에는 경금속 창틀과 문손잡이를 생산하다가, 기계공장의 부품 납품업자가 되어 규격화된 알루미늄 부품 생산으로 전환한 기업이었다. 에트빈은 우연히 베른 주 방겐에 위치한 슈티너 사로부터 훨씬 저렴한 단가 제의를 받고 그곳으로 주문을 옮겼다. 해니 에르벤은 끝장이 났다. 그리하여 마지막엔 그들, 그러니까 두 형제와 그들의 아내, 다섯 아이들은 에트빈이 자신들을 비참한 도산 상태에 내버려두지 않고, 비록 시세보다 훨씬 낮은 가격이나마 회사를 매입해준 데 대해 감사하게 여길 정도였다. 그 후 에트빈은 이 방법을 몇 차례 더 시도해봤는데, 그때마다 성공했다. 그리하여 전쟁이 끝날 무렵 자체적으로도 세 채의 건물을 더 보유하게 된 기계공장은 생산성 높은 위성회사들의 연합체까지 소유하게 되었다. 그들 중 몇몇 회사에서는 제대로 된 전문제품을 생산해냈다. 예컨대 극소화한 볼베어링, 모발처럼 가느다란 볼트의 섬세한 나선형 홈 또는 무게는 몇 그램밖에 안 나가지만 거의 1톤의 하중을 지탱하는 강철 용마루 같은 것들이었다. 기계공장은 1945년 12월 31일까지 1939년의 거의 열 배에 가까운 거래 수입을 올렸다. 이미 그 전에도 부자였던 에트빈은 이제 매우 큰 부자가 되었다. (돈이 어느 정도 있기만 하다면, 더 이상은 돈에 대해 관심이 없는 그의 부인은 계속해서 그림들을 사들였다. 그녀는 전설적인 세잔의 그림들과 알베르토 자코메티[46]의 「파이프 피우는 남자」를 구입했다.) 그는 온갖 화려한 의식과 엄청난 명예를 갖추어 여단장을 해임시키고, 상업은행의 간부를 데려다가 좀더 민간인다운 운영 사장을 앉혔다.— 관현악단과는 거의 일을 하지 못했었다. 많은 연주자들이 군복무 중이었고, 많은 청중 또한 그러했다. 그래서 전쟁 기간을 통틀어 겨우 두 번의 라디오 연주회가 있었는데, 차이콥스키의 왈츠 「백조의 호수」까지도 포함시킨 전통적 프로그램으로 진행되었다. 그리고 초핑겐에서 군인 가족들을 위한 연주회를 가졌는데, 그 연주회의 프로그램은 더 민족적이었고 맨 마지막엔 국가가 연주되었다. 모두가 자리에서 일어나 연주를 들었다.— 전쟁이 끝나자마자 에트빈은 청년 관현악단의 연주회를 재개했다. 모든 연주자들이 무사했다. 전쟁 기간 동안 국경 지대에서 살아간다는 것은 힘겹기는 했지만 죽을 정도는 아니었던 것이다. (하지만 제1바이올린 수석 연주자는 거기 없었다. 첼로 연주자도 마찬가지였다.) 사람들은 음악에 굶주려 있었다. 첫번째 연주회를 열기도 전부터 청중들의 수요가 쇄도하여 에트빈은 시립 홀에서의 연주권을 공식적으로 요청했다. 그곳은 필하모니의 본거지였다. 무미건조한 음악 공무원인 그곳 지휘자는 에트빈과 그의 관현악단을 막기 위해 자신이 가진 모든 힘을 사용하여 간계를 꾸몄다. 그는 이미 바인가르트너[47]와 푸르트뱅글러[48]

가 지휘대에 선 바 있는 이 유서 깊은 장소가 베르크[49]와 쇤베르크[50]의 음악에 담긴 불협화음들로 인해 더럽혀질 것이라고 주장했다. 그럼에도 불구하고 에트빈은 그 홀을 쟁취했다. 그것도 필하모니와 정확하게 같은 조건으로였다. 시즌 당 목요일 6회와 금요일 6회의 연주를 하기로 했다. 그리하여 전쟁 후의 첫번째 연주회는 1945년 9월 13일에 시립 홀에서 열렸다. 연주곡은 모차르트의 「KV 201」, 보후슬라프 마르티누[51]의 「현악합주단과 피아노와 팀파니를 위한 이중협주곡」, 그리고 프랑크 마르틴[52]의 「하프, 쳄발로, 피아노와 두 현악합주단을 위한 소협주 교향곡」이었다. 어머니는 이제 에트빈으로부터 멀리 떨어져 2층 관람석의 첫번째 줄 가운데에 앉아 있었다. 그와 그녀 사이에는 아래쪽 깊이 1층 관람석의 심연이 놓여 있었다. 머리들, 수천 개의 머리들이 그 사이에 있었다. 에트빈이 지휘단 위로 올라섰을 때, 청중들이 박수를 쳤을 때, 불이 꺼지고 모두가 꼼짝하지 않고 귀를 기울이고 있을 때, 그녀는 과거와 같이 크게 소리를 지르고 싶은 충동을 느꼈다. 그녀가 아버지 곁에 앉아 있고, 아버지를 포함한 모든 이들이 죽은 사람처럼 보였던 그때와 같이. 이제 그녀는 자신이 죽은 사람들 속에 포함되는 것은 아닌가 하는 두려움을 가졌다. 하지만 그녀는 소리 지르지 않았다. 그녀는 아래쪽을 응시하며 에트빈을 보았다. 그가 언제나처럼 간결한 태도로 연주자들에게 시작 신호를 보내는 것을 보았다. 모차르트는 훌륭했고, 마르티누는 시끄러웠다.

마르틴의 곡을 연주할 때 그녀는 깊은 꿈속으로 빠지는 바람에 아무것도 듣지 못했고, 하프 연주자가 에트빈이 파리에서 찍은 사진 속에서 껴안고 있던 그 젊은 여성이란 것조차도 알아보지 못했다. 그녀는 나이가 들었다. 그녀 역시도.—어쨌든, 그녀는 휴식 시간을 즐겼다. "안녕하세요, 박사님! 안녕하세요, 교수님!" 모두들 다시 그곳에 있었다. 그리고 어떤 이들은 인사에 응답을 보냈다. 심지어 중세연구가이자 인지학 신봉자인 폰 덴 슈타이넨 교수는 멈춰 서더니 어떻게 지내느냐고 묻기까지 했다. 어머니는 기쁨으로 환하게 빛났다.—연주회가 끝나자 사람들은 요란한 박수갈채를 보냈다. 에트빈은 언제나처럼 고개를 끄덕였다. 네번째로 무대 위로 불려온 후 그는 관현악단에게 가벼운 손짓을 보내 감사의 뜻으로 자리에서 일어서도록 했다. 모두들 벌떡 일어나 각자의 악기를 손에 든 채 자신들의 의자 앞에 서 있었다. 어머니는 그때서야 자신의 친구였던 첼로 연주자의 자리에 연주회 내내 창백한 얼굴의 젊은 남자가 앉아 있었다는 사실을 깨달았다. 그는 그녀의 후임이었다.

어머니의 기질은 이제 더 이상 아이였을 적에 그랬던 것처럼 한쪽 구석에 나뭇조각처럼 서 있는 것이 아니었다. 당시 그녀는 흥분으로 열에 들뜬 채 두 주먹을 불끈 쥐고 시선을 내면으로 향해 왕들과 살인자들을 생각했었다. 그녀는 그들의 희생자이자 지배자였었다. 이제 그녀는 더 이상 지상에 남겨진 육체의 허물이 방구석에 볼품없이 서 있는 동안 환한 내면의 풍경 속에서 껑충껑충 뛰지 않았다. 그랬다, 이제 그녀의 기질이라는 것은 정확히 다른 사람들과 같은 것이 되는 것이었다. 정상적이 되는 것. 정말이지 그녀는 정상적인 사람들보다 더 정상적이었다. 왜냐하면 그녀는 규율과 예외 조항을 뚜렷하게 구분할 줄 알았기 때문이었다. 그녀는 정상적인 사람들이 하듯이 지름길을 택한다거나, 휴식을 취하고 숨을 고르는 일을 하지 않았다. 그녀는 항상 법에 정해진 길만을 쉼 없이 갔다. 그녀는 정확한 사람들보다 더 정확했고 시간을 잘 지키는 사람들보다 시간을 더 잘 지켰다. (그녀 자신은 그렇게 생각하지 않았다. 그녀의 눈에 자신은 한번도 완벽한 적이 없었다. 남의 피부든 자기 자신의 피부든 더럽혀지지 않은 깨끗한 피부는 없었다.) 잠자리를 정리할 때는 앞으로 영원히 유지될 수 있을 정도로 꼼꼼하게 했다. "안녕하세요, 교수님! 안녕하세요, 박사님!" 하고 누군가에게 인사할 때 그녀의 미소는 상대방의 미소보다 조금 더 따뜻했고, 그녀의 머리는 조금 더 숙여졌다. (꿈속에서의 그녀는 달랐다. 그녀는 꿈을 꾸었는데, 그것은 그녀 아이의 꿈이라고 할 수도 있었다. 거기서 그녀의 아이가 어머니의 음식을 두려워해서 자기 자신의 심장을 먹고 있었다. 아이는 미쳤고, 어머니는 미친 아이의 어머니가 되었다. 경찰조차도 그것을 알고 있었고, 이웃들도 모두 알았다. 그녀는 아이가 꿈속에서 그녀의 입에서 피가 뚝뚝 떨어지는 것을 보는 꿈을 꾸었다.) 이제 그녀는 말을 많이 했다. 사실상 큰 소리로 끊임없이 말을 하고 있었다. 그녀는 지나치게 가까이 서곤 했다. 그래서 남자든 여자든, 아이든, 심지어 개까지도 즉시 한 걸음 뒤로 물러서곤 했다. 물론 그녀는 바로 따라왔다. 그녀는 현관에서 시작한 대화를 정원 입구에서도 한참을 더 계속했다.— 그녀와 대화를 하는 사람은 어느 순간 지치고 기진맥진해져서 포기하게 되곤 했다. 그래서 그녀가 하는 말이라면 아무리 기이한 이야기라고 해도 맞장구를 쳐줬다. 그녀는 희생자의 속이 텅 비도록 빨아들이고는 껍데기만 남겨두었다. 그것은 그녀의 승리였다.— 혼자 있을 때에도 그녀는 계속해서 혼잣말을 했다. 그녀는 쉼 없이 온 집 안을 돌아다녔는데, 마치 보이지 않는 갑옷이라도 입고 있어서 관절 부분에서 기이한 소리가 나는 것만 같았다. 그녀는 예전처럼 열띤 토론에 빠져들어 보이지 않는 대상과 토론을 벌였다. 이 대상은 힘 있는 음성으로 강력한 주장을 펼쳤다. 잘못이, 아, 너무나 많은 곳에 잘못이 있었다! 그녀는 포기하지 않았고, 그 음성 또한 포기하지 않았다. 그 목소리가 너무 압도적으로 우세해지거나, 너무 끔찍한 형벌을 언도하거나, 너무 심하게 벌을 주면 그녀는 "더 이상 못 견디겠어!"라고 외치며 훌쩍거렸다.— 죽음의 방법도 그것이 마치 기도문이라도 된다는 듯이 이전보다 더 많이 중얼거렸다. 목매달기, 뛰어내리기, 물에 빠지기. 그녀는 죽음의 방법을 모두 꿰고 있었다. 물론 그녀는 여전히 아이를 함께 데리고 가야 한다고 생각했다. 좋은 어머니라면 아이를 혼자 남겨두지 않는 법이었다.— 그녀는 여전히 밤도 두려워했다. 뜬눈으로 어둠 속에 누운 채 살인자를 기다렸다.— 화강암이고 싶은 한 덩어리의 암괴처럼 그녀가 서 있는 모습을 보면 누구든 눈물이 날 지경이었다. 망치를 집어 들어 이 자석 산을 산산조각 내야만 한다는 생각을 하게 되곤 했다. 그러고도 여전히 입이 움직이고 있는 부분은 추가로 몇 번 더 두드려줘야만 할 것 같았다. 실제로 그녀는 종종 이렇게 말했다. "난 맞아 죽어야 해." 그녀는 웃으며 불안한 눈빛을 보였다. "난 절대 저절로 죽지는 않을 거야." 실제로 그녀는 감기에 걸린 적도, 이빨이 아픈 적도 없었다. 그녀는 고통을 느끼지 않았다. 그녀는 덥고 추운 것도 느끼지 않았다. 이제 그녀의 기질은 항상 건강한 것이 되었다.

하루하루가 지나가고, 한 해 두 해 세월이 쏜살같이 흘렀다. 집 주위의 나무들이 너무나 무성하게 자라서 정원 입구에서는 집을 볼 수 없을 정도였다. 고양이 한 마리가 집 안으로 들어와 쥐들을 잡은 후 죽었다. 어머니는 정원을 가꿨는데, 이제 채소는 점점 줄어들고 꽃들이 더 많이 자라게 되었다. 관상용 벚나무, 튤립나무. 라일락도 다시 자랐다. 이제는 그녀를 도와주는 남자가 있었는데, 예니 씨라는 세관 직원이었다. 그는 자유 시간에 도시의 정원 10여 곳을 돌봤는데, 일을 할 때는 뛰어다녔다. 뛰어다니면서 꽃에 물을 주고, 나뭇잎들을 긁어모으고, 빵을 먹었다. 아마도 그는 소변까지도 뛰면서 볼 것 같았고, 그러면서 얘기까지 할 수 있을 것 같았다. 얘기하는 것, 그리고 뛰는 것은 그와 어머니의 공통점이었다. 그녀는 그의 뒤를 따라 뛰었는데, 그 모습은 얼핏 그녀가 그를 몰아대는 것처럼 보이기도 했다. 그러면서 그녀는 그의 등 뒤에 대고 말을 했고, 그러면 그는 즉각 최후 심판의 날에 울리는 팡파르만큼이나 큰 소리를 내며 어깨 너머로 대답을 했다. 그의 이름은 케른 씨였다, 예니 씨가 아니었다. 케른 씨와 어머니는 서로 좋은 관계를 유지했다. 8월의 어느 무더운 날, 케른 씨는 두 개의 빈 물뿌리개를 손에 들고 어머니를 뒤에 세운 채 물통을 향해 달려가고 있었다. 그가 갑자기 몸을 돌리더니 뒤로 계속해서 달리면서, 크고 둥글게 뜬 놀란 눈으로 어머니를 바라보고는 바닥으로 쓰러졌다. 그리고 죽었다.—개 지미도 죽었고, 그다음에 온 개 발리 역시 죽었다. 그녀의 남편도 갑자기 죽었다. 보통 남자들이 죽는 것보다 이른 나이였다. 그녀는 그의 장례를 치렀는데, 가족 묘지에 들이지는 않았다. 그녀의 아버지가 원하지 않을 것이었다. 많은 문상객들이 장례식에 참여했다. 굉장히 많은 사람들이었는데, 대부분 그녀가 알지 못하는 사람들이었다.—어머니는 큰삼촌이 없는 레오니에는 더 이상 가고 싶어 하지 않았다. 그녀는 보리스를 설득해서 돌무더기 집을 여름 동안 그녀가 사용할 수 있도록 양도하도록 했다. 그리고 모든 잡동사니를 치웠다. 먼지투성이 빈 병들, 부서진 상자들, 마차 바퀴와 썰매의 날 등을 다 버렸다. 그녀는 먼지를 닦고 비질을 해서, 거의 동굴에 가까운 그 집이 검둥이가 살던 시절만큼 반짝이도록 만들었다. 그녀는 모든 것이 그의 시절과 같도록, 짐꾼의 시절, 그리고 아버지가 젊었던 시절과 같도록 유지했다. 그러고는 촛불 빛 아래에서 요리를 했고 낮에는 다만 무엇이라도 볼 수 있도록 문을 열어두었다. 그녀는 숲에서 나무를 모아다가 집 뒤에 있는 나무 등걸 위에 놓고 잘게 쪼개 장작을 만들었다. 그녀는 펌프질로 물을 길어 올렸다. 그녀는 목재 프레임 위의 좁은 매트리스에서 잤다. 자주, 아니 거의 매일 그녀는 집 앞에 높이 솟아 있는 산을 올랐다. 이름 없는 산봉우리였는데, 그 지방 사람들은 '카티보,' 즉 악인이라고 불렀다. 하지만 그 산은 누구에게도 고통을 준 일이 없었다. 그저 무거운 구름 아래서 위협적인 모습을 하고 있었고, 돌들이 우연하게 쌓인 결과로 교활한 두 눈 아래 비웃는 듯 일그러진 미소를 영원히 짓고 있을 뿐이었다. 그 모습은 마치 지금 당장 아니면 내일 아니면 천년 후에 일어나게 될 재앙에 대해 알고 있는 것처럼 보였다. 어머니가 카티보를 너무나 자주 오르는 바람에 집의 입구와 산꼭대기 사이에 고랑처럼 통행로가 생겨났을 정도였다. 이제 그녀는 여름마다 돌무더기 집에서 지냈고, 더 이상 다른 곳으로는 가지 않았다.— 나중에 그녀는 이 고향으로부터도 쫓겨나게 된다. 왜냐하면 보리스가 파산해서 레오니를 가장 강력한 경쟁자에게 넘겨줘야만 했기 때문이다. (아나스타시아는 그가 그녀와 호박으로 장식된 방을 위해 투자

했던 돈을 전부 챙겨서 이미 오래전에 사라져버렸다. 가장 강력한 경쟁자는 그가 사업에 신경을 쓰지 않았던 기간을 이용하여 그의 비서를 유혹했다. 그리하여 그녀는 사업용 서류들을 전부 챙겨서 영원히 그의 침대에 머물게 되었다.) 그 후 보리스는 한동안 송로버섯 재배를 해봤지만, 그의 돼지들은 아무것도 못 찾아내거나 그가 목줄을 잡아당기기도 전에 값비싼 버섯을 먹어치워버렸다. 그다음에 그는 2년 동안 네르비에서 수영장을 운영했다. 그는 그곳 운영자였다, 아니 그보다는 일종의 관리 책임자로서 아이스크림과 레모네이드도 판매했다. 마지막 재기의 노력으로 그는 마침내 부동산 매매로 옮겨갔다. 이때 그는 자기 돈은 아니었지만 다시 두툼한 지폐 다발을 들고 다녔다. 그리고 매매 관련 대화를 나누고 있는 동안에라도 금세 무너져버릴 것 같은 집들을 독일 투자자들에게 추천했다. 한번은 돈세탁 문제로 법정에서 증인으로서 증언을 해야 했는데, 상기된 얼굴로 땀을 폭포수처럼 흘리면서 온갖 모순되는 발언을 늘어놓았고, 그럼에도 불구하고 처벌을 받지 않고 무사하게 빠져나왔다. 그 후 그는 도모도솔라의 집, 바로 그 돌무더기 집으로 돌아가기로 결심했다. 이제 그에게 다른 집은 없었기 때문이다. 그에겐 아무것도 없었다. 재규어 승용차만 남아 있었는데, 그것도 돌집 앞에 도착하자 명을 다하고 말았다. 휘발유 펌프가 고장 났는데, 보리스에게는 영국으로부터 새것을 주문할 돈이 없었다. 그와 어머니가 여름 몇 주 동안을 한집에서 지내는 것은 어쩌면 가능했을지도 모른다. 하지만 보리스에게는 숙모와 두 작은 삼촌이 있었다. 그들은 즉시 집의 한구석씩을 차지하고 각자 자신에게 편한 대로 꾸몄다. 어머니가 아무 영문도 모르는 채 짐을 잔뜩 싸 들고 돌무더기 집에 도착했을 때, 마침 삼촌들은 자신들의 도착을 자축하는 첫번째 파티로 그라파 브랜디 병을 놓고 둘러앉아 있던 참이었다. 숙모는 마치 새처럼 뚫어지게 바라봤다. 보리스는 일그러진 미소를 지으며 그녀를 역까지 태워다줄 수 없어서 미안하다고 했다. 바로 그 휘발유 펌프가 문제였다. 두 삼촌은 서로에게 몸을 기댄 채 히죽이고 있었다. 어머니는 트렁크를 집어 들고 밖으로 나왔다. 이제 스티커들은 다 닳아져서 그녀만이 유일하게 그것을 읽을 수 있을 정도였다. "쉬브레타," 어떤 예감 같았다. "다니엘리," 아주 다른 시대의 숨결이 느껴졌다.—이제 그녀는 여름에도 도시 가장자리에 위치한 자신의 집에 머물렀다. 그 집은 이미 오래전부터 더 이상 도시의 가장자리에 위치해 있지 않았고, 새로 지어진 많은 집들에 둘러싸여 있었다. 논밭이었던 곳에는 이제 높은 산울타리로 둘린 정원들과 차를 되돌릴 수 있는 막다른 공터로 이어지는 작은 통행로들이 있었다.—그녀는 서너 번을 더 이상 견뎌내지 못하고 정신병원에 갔다. 그녀는 그곳을 절대 정신병원이라고 부르지 않고 요양소라고 불렀다. 매번 다른 곳이었다. 대학병원, 뮌헨부흐제, 하일리히홀츠, 존넨베르크. 그녀는 약물 치료를 통해 조용해졌다. 말이 없어졌다. 그녀는 조금은 불안정한 걸음으로 복도를 따라 걷고 자갈길 위를 걸었다. 그녀는 걷는다기보다는 떠다니는 것 같았고, 그녀의 두 눈은 그녀를 찾아온 사람들의 눈길을 스쳐 지나갔다. 전기충격요법은 더 이상 받지 않았다. 그런데 그녀는 여전히 울지 못했다. 단 한 방울의 눈물도 흘리지 못했다.— 그녀는 청년 관현악단의 연주회에 모두 참석했다. 이제 그녀는 점점 망명 중인 여왕의 풍모를 갖게 됐다. 하얗게 분을 칠한 단호한 매력의 여인, 퀸 마더 같았다. 그녀는 연주회를 즐겼다. 잊을 수 없는 최고의 순간들마다 그녀도 함께 있었다. 아르투르 오네게르[53]의 「화형대의 잔다르크」! 멋진 에른스트 해플리거와 함께했던 「이도메네오」! 쇤베르크의 「달에 홀린 피에로」! 모든 새로운 이들, 예컨대 힘차게 독일적으로 몸을 숙였던 볼프강 포르트너![54] 슈토크하우젠![55] 켈터보른![56] 빌트베르거![57] 그리고 버르토크, 버르토크의 곡은 매우 자주 연주되었다! 아, 청년 관현악단의 연주회들은 멋졌다.— 그러던 어느 생일날 에트빈이 더 이상 난초를 보내지 않았다. 보랏빛 잉크로 "행복하세요! E."라고 적어 넣은 작은 카드도 없었다. 어머니는 창가에 서서 정원 입구를 응시하고 있었다. 이날, 이 생일날은 끔찍한 날이었다. 아주 경악스러웠고, 수년 이래로 그리고 이후로도 최악의 날이었다.— 세월이 더 흐른 후 그녀는 기이한 일들을 하기 시작했다. 이제 노부인이 된 그녀는 휴식을 위해 교외선 철도 위에 앉았다. 운행 구간 내의 시야가 트여 있었기 때문에 철도 기관사는 기차를 세우고 어머니가 경사진 언덕을 올라가도록 도왔다. 그녀는 그의 도움에 기뻐하며 웃었다. 이제 그녀는 가끔씩 다시 호숫가에 서 있기도 했다. 몇 걸음 들어가기는 했지만 더 이상 이전처럼 깊이 들어가지는 않았다. 그녀는 언제 어디서든 자신이 원할 때면 좌우를 살피지 않고 길을 건넜다. 자동차가 끼익하고 서는 소리, 경적을 울리는 소리, 금속이 박살나는 소리와 유리 조각이 떨어지는 소리가 나도 그녀는 동요하지 않았다. 그녀는 완전히 백발 노파가 된 후 여행을 하기 시작했다. 위험한 여행일수록 더 좋았다. 예컨대 버스를 타고 터키 동부를 횡단했던 적도 있다. 한번은 모든 승객들이 흙으로 쌓은 요새 뒤에 웅크리고 있어야 하는 상황이 벌어졌다. 터키인들과 쿠르드인들 사이에 총격전이 벌어졌기 때문이었다. 누가 누구를 쏘았는지는 모르지만 아무튼 그들이 탔던 버스 위로 총알이 날아다녔다. 어머니는 얼굴이 백짓장같이 하얗게 된 어느 젊은 남자 옆에 웅크리고 앉아 그에게 눈을 찡긋거렸다. 그녀는 뉴욕에도 갔는데, 매일 오리발처럼 보이는 신발을 신고 방수가 되는 재킷을 입고 브롱크스나 브루클린 또는 지하철을 탐험하기 위해 밖으로 나갔다. 누군가의 충고를 받아들여 그녀는 모자 달린 재킷의 오른쪽 주머니에 항상 10달러 지폐를 넣어 가지고 다녔다. 강도의 습격을 받았을 경우에 대비해서였다. 그럴 경우 그녀는 정확하게 연습한 문장 "데어 유 고, 영 맨There you go, young man(여기 있어요, 젊은이)!"이라고 말한 후 그에게 그 돈을 줄 생각이었다. 하지만 그녀는 한번도 습격을 받지 않았다. 언젠가 그녀는 할렘의 3번가 골목에 있는 어느 바에서 카운터에 선 채로 차를 마신 적이 있었다. 그곳은 흑인 동성애자들을 위한 술집이었는데, 어머니는 아주 유쾌하게 서비스를 받았다. 그녀의 영어는 언젠가 그녀의 선생님이 가르쳐줬던 옥스퍼드의 영어와 똑같이 들렸다. 그녀는 "데어 유 고, 영 맨"이라고 말하며 계산을 했다.

1987년 2월 17일 어머니는 당시 거주하고 있던 양로원에서 잠자리를 정리하고 은그릇과 촛대를 반듯하게 놓은 후 종이 위에 이렇게 썼다. "더 이상 못 견디겠다. 계속해서 살아가며 많이들 웃기를. 클라라." 이때, 그녀의 글씨체는 고통스러워하는 새들의 가파른 날갯짓 같았다. 어머니는 창문을 열었다. 그녀는 7층에 살고 있었다. 그녀는 다시 한 번 햇빛이 비치고 있는 건너편 호숫가를 바라보았다. 그녀는 "에트빈" 하고 불렀다. 그러고는 뛰어내렸다. 그때 그녀는 "에트빈" 하고 소리를 질렀다. 그랬을 거라고 난 생각한다. 그녀가 82년 동안 감내해왔던 모든 것들이 그녀의 내부에서 미친 듯이 날뛰었다. 혹은 새로운 출발이 울부짖었다. 맹렬한 바람이 그녀의 눈물을 다시 눈 안으로 밀어 넣었다. "에트빈!" 그녀는 관리인의 자동차인 피아트 127 모델의 지붕에 부딪혔다. 그녀는 신발 한 짝만을 신고 있었고, 저 오리 신발의 다른 한 짝은 창틀에 걸려서 그녀가 뛰어내릴 때 그곳에 낀 채로 남아 있었다.—시립 묘지의 홀에서 장례식이 있었다. 몇몇 여자 친구들과 그녀의 자식인 내가 참석했다. 신부는 없었다. 항상 다른 모든 사람들처럼 행동하고자 했던 그녀는 신부들과는 아무런 교류가 없었다. 그래서 아무도 말을 하지 않았다. 청년 관현악단에서 최초의 제1비올라 연주자였던 이가 떨리는 손으로 바흐의 곡을 연주했다. 그는 청년 관현악단을 그만둔 지 오래였는데, 그 역시 백발 노인이 되어 있었다. 에트빈으로부터 온 화환은 없었다. 카드도, 보랏빛 잉크도 없었다. 어떤 경고나 트럼펫 소리도 없이 관이 갑자기 입을 연 출구를 통해 불길 속으로 순식간에 굴러 들어가버렸다. 모두들 놀란 마음으로 그 불길을 들여다봤다. 출구가 다시 닫혔다. 몇 명 안 되는 추모객들이 자리에서 일어나, 누군가 아는 사람이 있는지 왼쪽을 보고 오른쪽을 본 후 각자 집으로 갔다.—어머니의 재가 담긴 유골함은 며칠 후 도시의 진지에 자리 잡은 가족 묘지로 옮겨졌다. 그녀의 왼쪽에는 그녀 아버지의 유골함이 자리하고 있고, 그녀의 오른쪽 자리는 여전히 비어 있다.—피아트 자동차가 우그러진 관리인은 그 후 거의 1년을 더 죽은 어머니의 보험회사와 투쟁을 벌였다. 자신에게 지불된 보상금 액수가 너무 적다는 것이었다.

이야기는 끝났다. 정열에 관한, 고집스러운 정열에 관한 이야기. 그 앞에 바치는 레퀴엠. 힘겹게 살아갔던 어느 인생 앞에 바치는 절은 끝났다, 아니 어쩌면 이 이야기를 덧붙여야 할지도 모르겠다. 얼마 전, 그러니까 지금으로부터 일주일도 채 안 되었을 때의 일이다. 나는 베른의 수집품을 보기 위해 민족학 박물관을 찾았다. 나는 이 홀 저 홀을 어슬렁거리며 거친 악령의 마스크를 놀란 눈으로 바라보기도 하고, 신분이 높은 사람의 오두막을 재현해놓은 것을 경탄하며 구경하기도 했다. 그 신분이 높은 사람은 아마도 베른 자신이었을 가능성이 높다. 비록 금으로 짠 해먹은 없었지만, 아니 해먹 자체가 아예 없었지만, 나무 그릇 안에는 손으로 만, 분명 이미 오래전에 말라버린 시가가 두 개 놓여 있었다. 그것은 베른의 것과 아주 유사했다. 책상 하나와 걸상 두 개, 식물섬유로 짠 돗자리가 있었다. 그리고 아마도 공주의 소유였을 장신구들도 있었다. 또한 나무로 만든 식기와 나무 수저도 있었다. 아름답게 장식된 점토 냄비들도 있었다.— 박물관 안엔 나밖에 없었다. 고요했다. 완전하게 고요했다. 높은 곳의 창문들로부터 옅은 빛이 스며들어왔다. 거대한 남성 집회소가 한쪽 벽면을 가득 채우며 설치되어 있는 홀에 들어섰을 때에야 나는 또 다른 방문객을 발견했다. 그는 노인이었고 일종의 종이 찰흙 같은 것으로 만든 거대한 검정 숫염소, 크사튀라를 멍하니 바라보고 있었다. 그 검정 숫염소는 위대한 인물의 장례를 위해 사용된 것으로, 일종의 마술적인 관이라고 할 수 있었다. 거대한 숫염소 아래 서 있는 그 남자는 몹시 작아 보여서, 마치 신성한 괴물이 그를 집어삼키려고 하는 것만 같았다. 악령과 남자, 둘 다 움직임 없이 서 있었다. 대화 중이었을까? 아니면 기도? 힘겨루기? 나는 갑자기 그 남자가 누구인지 알아차렸다. 에트빈이었다. 에트빈은 나이가 들어 있었다. 아주 고령의 모습이었다. 하지만 전혀 노쇠해 보이지는 않았다. 괴물의 영역으로부터 벗어나 덜 위험해 보이는 목재 가면 쪽으로 옮겨갈 때는 풀쩍 뛰기조차 했다. 나는 전시물을 하나하나 거쳐 마침내 에트빈 옆에 섰다. 그동안 그는 악어의 입 모양이 새겨진 통나무배를 보고 있었다. 그 안에는 두 개의 노와 호리병박으로 만든 물병 세 개가 놓여 있었다. 에트빈을 그렇게 가까이서 본 것은 처음이었다. 그는 맹금의 부리 같은 날카로운 코를 가지고 있을 뿐만 아니라, 날카롭고 조심스러운 눈길로 주위를 살피고 있었다. 물론 그는 이미 나의 존재를 알아차렸고 옆쪽에서 재빠른 눈길로 나를 살펴봤다. 얼룩 한 점 없이 하얀 목수건으로 감싸고 있는 그의 목은 주름투성이였다.

"저는 클라라의 아들입니다"라고 내가 말했다.

"누구라고?" 그는 여전히 배로 변장한 악어를 살피고 있었다.

"클라라," 나는 과거의 그녀 성을 덧붙였다. "몰리나리 말입니다."

그는 나를 향해 몸을 돌렸다. 그러고는 "클라라 몰리나리?" 하고 말했다. "지금으로서는 그 이름이 기억나질 않는데. 내가 사람을 너무 많이 만나서 말이죠."

"이보세요!" 나는 갑자기 흥분하여 소리를 높였다. "클라라는 당신의 관현악단의 첫번째 명예회원이었습니다! 그것 정도는 아직 기억하고 계실 텐데요!"

에트빈은 한 손으로 이마를 치며 외쳤다. "당연히 기억하지! 그 착했던 옛날의 클라라 말이로군. 그래 그녀는 어떻게 지내죠?"

"돌아가셨습니다."

"그래요." 그는 고개를 끄덕였다. "이제 우리 모두 죽음을 맞는 일이 점점 흔하게 됐지요."

그는 홀 전체를 아우르는 듯한 커다란 몸짓으로 남성집회소와 숫염소와 악어 통나무배를 가리켰다. "매우 흥미로운 문화죠. 아주 복잡하게, 굉장히 효율적으로 서로 긴밀히 연결되어 있어요. 부계 사회지만, 여성들의 강력한 주도하에 있지요." 그는 자신의 목수건을 잡더니 반듯하게 매만졌다.

"왜 클라라에게 난초를 더 이상 보내지 않으셨죠?" 하고 내가 물었다.

"난초?"

"그래요. 작은 카드와 함께 말이죠. 보랏빛 잉크로 '행복하세요, E.'라고 써서. 난 당신의 글씨체를 바로 오늘 본 것처럼 기억하고 있습니다."

"그건 나의 비서실을 통해서 이루어지는 일이지요." 에트빈은 유감스럽다는 듯이 어깨를 으쓱해 보였다. "아마도 새 비서가 그 항목을 빼버렸던 모양이군요."

나는 고개를 끄덕였다. 그랬다, 그건 그럴듯한 해명이었다. 나는 입을 다물었다. 에트빈도 더 이상 하고 싶은 이야기가 없는 듯했다. 급히 홀을 가로질러 주술적인 돼지 마스크와 개 마스크로 가득 찬 진열장 쪽으로 가버렸던 것이다.

"한 가지 더 묻겠습니다." 그가 맞은편에 도착했을 때 내가 외쳤다. "왜 클라라에게 아이를 지우도록 강요했습니까? 당신의 아이를?"

"도대체 누가 당신에게 그런 얘길 한 겁니까?" 이제 그와 나 사이에는 20 내지 30미터 넓이의 바닥 마루가 놓여 있었는데, 그 위로 그의 목소리가 위협적으로 울려 퍼졌다. "나는 어떤 여성에게든 그 어떤 일도 강요하지 않아요. 절대 안 합니다. 내겐 네 명의 자녀가 있어요. 그리고 난 그 어머니들에게도 항상 후하게 대했어요. 굉장히 후하게 대했죠."

나는 빠른 걸음으로, 기관총을 쏘는 듯한 소리를 내며 그에게로 다가갔다. 그의 따귀를 때리거나 급소를 발로 차주거나 하다못해 큰 소리라도 쳐주고 싶었던 것 같다. 하지만 그의 옆에 다다랐을 때 나는 그렇게 하지 않고 이렇게 말했다. "나는 당신 연주회를 모두 다 들었습니다. 버르토크의 연주도 다 들었고, 그 당시의 「이도메네오」도 들었습니다. 리버만! 하르트만! 침머만! 훌륭했습니다." 나의 목소리는 굉장히 컸고 거의 내 어머니의 목소리만큼이나 높았다. 기껏해야 그 목소리만이 나의 오른손과 오른발에 아직 힘이 주어져 있고 떨고 있다는 사실을 알리고 있을 뿐이었다.— 이제 그는 미소를 지었다. 그러고는 숨을 들이마시고 내쉬었다. 정말이지 그는 환한 미소를 짓고 있었다. 그가 말했다. "내일모레 연주회가 있어요. 리게티, 버르토크, 베크의 곡을 연주합니다. 오세요, 꼭 오세요!" 그는 친근하게 내 뺨을 두드리고는 몸을 돌려 빠르고 안정적인 걸음걸이로 출구를 향해 갔다. 그리고 출구의 어둠 속으로 사라져버렸다. 내가 막 돼지 마스크와 개 마스크 쪽으로 돌아서려는 참에 그가 다시 한번 나타났다. 기쁨으로 상기된 얼굴을 하고 있었다. "만일 당신이 한 얘기가 사실이라면 말입니다." 그가 킥킥거리며 외쳤다. "당신은 내 아들이겠군요!" 그는 두 팔을 들어 올렸다가 다시 떨어뜨렸다. "운이 나빴군요, 젊은 양반."

너무나 빨리 사라져버리는 바람에 그는 내가 집게손가락으로 이마를 두드리는 것을 보지 못했다. 나는 소리 질렀다. "당신 없이는 이 세상에 아무 일도 이루어질 수 없다고 생각하는 모양이죠?" 그러고 난 후 나는 그냥 그 자리에 선 채 그의 발걸음 소리가 희미해져가는 것을 듣고 있었다. 그의 웃음소리가 점점 잦아들고 있었다. 문 하나가 닫히고 나자 다시 사방이 조용해졌다. 모든 악령들은 수백 년 동안 그래왔듯이 침묵하고 있었다. 남성집회소 안의 숫염소만이 웃고 있는 것처럼 보였다. 아무 소리도 내지 않은 채 너무나 시끄럽게 웃고 있어서 나 역시 박물관을 떠나야 했다.

오늘 내 어머니의 연인이 장지로 운구되었다. 나는 바보같이 셔츠를 빨고 있다가 늦어버렸다. 내가 대성당 앞에 도착했을 때 장례식은 이미 시작되어 있었다. 온 광장이 성당 안에 들어가지 못한 추모객들로 가득 차 있었다. 수천 명의 사람들로 인해 광장은 맞은편 끝의 조합사무소까지 온통 검정색 물결이었다. 그래도 나는 팔꿈치로 좌우를 마구 밀쳐가면서 성당 안으로 들어가는 데 성공했다. 육중한 로마네스크식 기둥 옆에 꼼짝없이 갇힌 나는 뭐라도 보기 위해서 발꿈치를 높이 들어야만 했다. 교회 중앙에는 검은 모자를 쓰고 망사로 얼굴을 가린 부인들과 실크해트를 무릎 위에 놓은 신사들이 마치 자신들이 죽은 자들인 것처럼 아무 움직임도 없이 앉아 있었다. 앞쪽에, 맨 앞쪽에는 훈장을 단 사람들이 대부분 제복 차림으로 자리를 잡고 있었다. 각료도 몇 사람와 있는 것 같았고, 경제와 예술 분야의 저명인사들도 있었다. 나는 너무나 뒤쪽에 있어서 그들을 자세히 볼 수가 없었다. 물론 보트머 가와 레르미티에 가, 몽몰렝 가 사람들이 제일 앞줄을 차지하고 있었다. 나는 그녀의 하얀 머리 때문에 도예네 데어 몽몰렝을 알아보았다. 그녀는 1백 세가 된 부인이었는데, 사람들 말로는 방울뱀마저도 그녀 앞에서는 도망을 칠 것이라고들 했다. 내가 주위를 밀쳐가며 겨우 세례반이 있는 곳까지 도착했을 때, 막 연방 대통령이 연설을 하고 있는 참이었다. 그의 모습이 잘 보였다. 그는 20세기의 음악이 없었다면 자신의 삶이 빈곤해졌을 것이라고 토로했다. 이제 나이가 든 청년 관현악단이 모차르트의 「프리메이슨 장송곡」과 정확히는 알 수 없지만 바흐의 것으로 여겨지는 곡을 연주했다. 하지만 지휘자의 모습은 볼 수가 없었다. 설교단이 정확하게 그를 가리고 있어서, 지휘봉을 잡은 그의 오른팔만을 겨우 볼 수 있을 정도였다. 그것도 그가 관현악단에게 굉장히 힘찬 연주를 하도록 독려하려고 할 때나 잠깐 보일 뿐이었다. 아마도 그는 피에르 블레즈[58]가 아니라면 하인츠 홀리거[59]이거나 어쩌면 볼프강 리임[60]일 것이었다. 젊은 세대의 측근들 중 하나일 것이었다.— 마지막 작품은 모든 관악기가 유리와도 같은 현대적 느낌으로 고통의 비명을 질러대는 곡이었는데, 의심할 바 없이 현대 작곡가의 곡이었다. 아마도 지휘하고 있는 이의 곡일 것이었다. 그 곡의 연주가 끝나자 우레와 같은 박수가 터져 나왔다. 사람들은 이 굉장한 파격에 압도된 나머지 계속해서 박수를 치면서 자리에서 일어나 죽은 이에게 기립 박수를 보냈다. 나는 이미 오래전부터 서 있긴 했지만, 이유도 제대로 모르면서 함께 박수를 쳐댔다. 손바닥이 아파오도록 박수를 쳤다. 꽃들에 파묻힌 관이 인사를 한 것도 아닌데, 박수 소리는 계속해서 멈출 줄을 몰랐다. 마침내 나이 지긋한 대성당의 신부가 사람 좋은 미소를 지으며 사람들에게 진정하라는 손짓을 보낸 후에야 박수 소리가 그쳤다. 특별히 훌륭했던 연주회가 끝났을 때처럼 모든 추모객들의 얼굴이 상기되어 있었고, 두 눈은 반짝거렸다.— 성당 밖으로 나왔을 때 비가 폭포수처럼 쏟아지고 있었다. 검정 우산의 바다였다. 온 시민들이 죽은 이의 가는 길을 배웅하여 함께 묘지에 가고자 했다. 나는 어디로 가야 할지 몰랐다. 나는 백색 커튼을 단 검정색 메르세데스 운구차가 움직이기 전에 집으로 돌아왔다. 성당의 종소리가 울려 퍼졌다. 도시의 다른 교회들의 종들도 모두 울렸다. ―얼마 후 나는 몇 시간 동안 텔레비전 앞에 앉아 에트빈의 죽음을 추모하는 특별방송을 보았다. 그의 인생의 정거장들을 보았고, 그의 고통과 성공을 보았다. 그는 "세기의 인물"이었다. 나는 버르토크와 함께한 에트빈, 스트라빈스키와 함께한 에트빈, 영국의 젊은 여왕과 함께한 에트빈을 보았다. 그리고 카메라가 시립 홀의 청중들을 훑을 때 2층 관람석의 한가운데에서 멀리, 아주 잠깐, 나의 어머니일 것 같은 그림자를 보았다.

■ 옮긴이 주

1 「돈 조반니 Don Giovanni」: 모차르트의 오페라.
2 「천지창조 Die Schöpfung」: 오스트리아의 작곡가 하이든이 1798년에 완성한 오라토리오.
3 죄르지 리게티(György Ligeti, 1923~2006): 헝가리 출신의 오스트리아 작곡가. 20세기의 가장 위대한 고전음악 작곡가로 알려져 있다.
4 벨러 버르토크(Béla Bartók, 1881~1945): 헝가리의 작곡가이자 피아니스트. 동유럽의 민속 음악을 녹음, 채보하여 그 소재를 바탕으로 심한 불협화음이나 타악기를 중시한 새로운 기법을 확립하였다.
5 콘라트 베크(Conrad Beck, 1901~1989): 스위스의 작곡가.
6 로열 앨버트 홀 Royal Albert Hall: 영국 런던에 있는 유명한 연주회장. 1871년 건립된 이후 '영국의 공회당'으로 여겨져왔다.
7 글라인드본 오페라 축제 Glyndebourne Festival Opera: 1934년부터 매년 영국에서 열리는 오페라 축제.
8 브루노 발터(Bruno Walter Schlesinger, 1876~1962): 독일에서 태어난 유대인 지휘자이며 작곡가이다.
9 오토 클렘퍼러(Otto Klemperer, 1885~1973): 독일 출신의 지휘자 및 작곡가. 20세기 최고의 지휘자 중 한 사람으로 꼽힌다.
10 요제프 안톤 브루크너(Josef Anton Bruckner, 1824~1896): 오스트리아의 작곡가. 미사곡, 교향곡, 합창곡 등을 작곡했다. 19세기 후반 최대 교회음악가였고, 최근 들어 교향곡 작곡가로서도 높게 평가되고 있다.
11 빌헬름 리하르트 바그너(Wilhelm Richard Wagner, 1813~1883): 독

일의 오페라 작곡가.

12 리하르트 슈트라우스(Richard Strauss, 1864~1949): 독일의 작곡가이자 지휘자.

13 카를로 제수알도(Carlo Gesualdo, 1561~1613): 이탈리아 르네상스기를 대표하는 최후의 마드리갈 작곡가로 약 150곡을 남겼고 반음계적(半音階的)인 대담한 화성법을 사용하였다.

14 아우프탁트Auftakt: 소절(小節)의 도중, 즉 약부(弱部)에서 시작되는 박자.

15 리타르단도ritardando: 악보에서, 점점 느리게 연주하라는 말. 'rit.'로 표시한다.

16 「펠레아스와 멜리장드Pelléas-Mélisande」: 벨기에의 시인이자 극작가인 마테를링크(Maurice Maeterlinck, 1862~1949)가 지은 희곡을 대본으로 프랑스의 작곡가 드뷔시(Claude Achille Debussy, 1862~1918)가 작곡한 5막짜리 오페라로, 1902년에 초연되었다. 멜리장드라는 여인을 함께 사랑한 펠레아스와 그의 이복형 사이에 벌어진 비극적인 파국을 그린 작품이다.

17 스칼라 극장Teatro alla Scala: 이탈리아 밀라노에 있는 오페라극장으로, 1778년 건립되었다. 이탈리아뿐만 아니라 세계의 오페라극장 가운데서도 가장 유명한 오페라극장 중 하나다.

18 도모도솔라Domodossola: 이탈리아 북서부 피몬트 지역에 있는 도시. 스위스와 접경하고 있다.

19 샤르트르Chartres: 프랑스 북서부에 위치한 도시. 13세기 초 고딕 건축 전성기의 대표적 걸작으로 알려져 있는 샤르트르 대성당을 비롯하여 15.8m의 첨탑과 르네상스기의 성당 등이 남아 있어 지금도 많은 순례자가 모여든다.

20 오툉Autun: 프랑스 부르고뉴 주에 있는 공업도시. 부르고뉴 주에서 가장 오래된 도시의 하나다.

21 베즐레Vezelay: 프랑스 부르고뉴 주에 있는 도시. 12세기에 착공한 생트마들렌 성당이 유명하다.

22 제노바Genova: 이탈리아 북서부 리구리아 해에 면하여 있는 항구 도시. 지중해 최고항의 하나로 중세에는 동방 무역의 중계지로 번영하였으며, 지금은 관광지로 유명하다.

23 리보르노Livorno: 이탈리아 북부 리구리아 해안에 있는 항구 도시. 티레니아 만에 면해 있는 교통의 중심지이며, 제철 공업이 활발하다.

24 에리히 볼프강 코른골트(Erich Wolfgang Korngold, 1897~1957): 오스트리아-헝가리 제국 태생의 미국 작곡가. 영화음악과 오페라 「죽음의 도시Die tote Stadt」로 잘 알려져 있다.

25 클라우스 후버(Klaus Huber, 1924~): 스위스의 작곡가.

26 알렉산더 폰 쳄린스키(Alexander von Zemlinsky, 1871~1942): 오스트리아의 작곡가이자 지휘자.

27 에른스트 크레네크(Ernst Krenek, 1900~1991): 오스트리아 태생의 미국 작곡가. 음렬 기법의 주요한 주창자 중 한 사람이다.

28 페루치오 부조니(Ferruccio Busoni, 1866~1924): 이탈리아 출생의 독일 피아니스트이자 작곡가.

29 다리우스 미요(Darius Milhaud, 1892~1974): 프랑스의 유대인 고전음악 작곡가. 프랑스 6인조 가운데 하나였으며 20세기의 가장 영향력 있는 작곡가 가운데 하나로 꼽힌다.

30 「에르나니Ernani」: 빅토르 위고의 희곡을 원작으로 한 베르디의 다섯 번째 오페라이다. 1844년 베네치아의 페니체 극장에서 초연되었다.

31 오트마르 쇠크(Othmar Schoeck, 1886~1957): 스위스의 작곡가이자 지휘자.

32 세르게이 프로코피예프(Sergei Prokofiev, 1891~1953): 러시아의 작곡가.

33 중국음식의 일종.

34 모리스 라벨(Maurice Ravel, 1875~1937): 프랑스의 작곡가. 관현악곡인 「볼레로」로 유명하다.

35 아르망 히브너(Armand Hiebner, 1898~1990): 스위스의 작곡가.

36 리자 델라 카사(Lisa Della Casa, 1919~2009): 스위스의 소프라노 가수. 아름답고 서정적인 목소리로 모차르트, 리하르트 슈트라우스의 오페라 여주인공 역에 이상적이었다는 평을 받았다.

37 에른스트 해플리거(Ernst Häfliger, 1919~2007): 스위스의 테너가수. 독일가곡·종교음악에 날카로운 해석을 보이며 오페라가수로도 활약하였다.

38 루돌프 제르킨(Rudolf Serkin, 1903~1991): 미국의 피아니스트.

39 I Cani: 이탈리아어로 개 Il Cane의 복수형.
40 그리스의 공 던지기 경기에서 유래한 경기.
41 루카스 크라나흐(Lucas Cranach, 1472~1553): 독일의 화가. 북방(北方) 르네상스의 대표적 화가로, 나체화의 독특한 경지를 개척하였다.
42 요하네스 페르메이르(Johannes Vermeer, 1632~1675): 네덜란드의 화가. 「진주 귀고리 소녀」 등의 작품을 남겼다.
43 마터호른 Matterhorn: 스위스와 이탈리아의 국경 알프스산맥의 준봉(峻峰). 높이는 4,478m.
44 세르게이 쿠세비츠키(Sergei Alexandrovitch Kussevitzky, 1874~1951): 러시아 출신의 미국 지휘자. 모스크바 국립 오페라극장에서 활동하였고 미국 보스턴 심포니 오케스트라의 상임지휘자가 되어 미국 작곡계의 발전에 힘썼다.
45 스위스에서 1932년경부터 시작된 정치·사회·문화 영역에 걸친 정신운동. 독일과 이탈리아의 전체주의가 스위스에 퍼지는 것을 막기 위해 스위스 고유의 가치와 풍습을 강화하는 것을 목적으로 주로 국가기관과 학자층, 언론을 통해 행해졌다. 종전 후 냉전시대에는 공산주의에 대항하는 정신적 무장의 역할을 했다.
46 알베르토 자코메티(Alberto Giacometti, 1901~1966): 스위스의 조각가. 철사와 같이 가늘고 긴 조상(彫像)을 많이 제작하여 독자적인 양식을 이루었다.
47 파울 바인가르트너(Paul Felix Weingartner, 1863~1942): 오스트리아의 지휘자이자 작곡가. 독일 고전파음악, 특히 베토벤의 해석에는 정평이 나 있고 20세기 전반을 대표하는 지휘자의 한 사람으로 꼽힌다.
48 빌헬름 푸르트뱅글러(Wilhelm Furtwängler, 1886~1954): 독일의 지휘자이자 작곡가. 향기 높은 예술을 창출한 20세기 전반 최고의 지휘자의 한 사람이었다.
49 알반 베르크(Alban Berg, 1885~1935): 오스트리아의 작곡가. 긴장에 찬 극적 표현과 격렬한 감정의 표출에 뛰어났다.
50 아르놀트 쇤베르크(Arnold Schönberg, 1874~1951): 오스트리아 태생의 미국 작곡가. 무조 음악(無調音樂), 12음 기법 따위를 도입하였다
51 보후슬라프 마르티누(Bohuslav Martinů, 1890~1959): 체코의 작곡가. 오페라·교향곡·교향시·피아노협주곡·바이올린협주곡·첼로협주곡

등의 많은 작품을 남겼다.

52 프랑크 마르틴(Frank Martin, 1890~1974): 스위스의 작곡가.

53 아르투르 오네게르(Arthur Honegger, 1892~1955): 프랑스 태생의 스위스 작곡가.

54 볼프강 포르트너(Wolfgang Fortner, 1907~1987): 독일의 작곡가이자 지휘자.

55 카를하인츠 슈토크하우젠(Karlheinz Stockhausen, 1928~2007): 독일의 작곡가이자 이론가.

56 루돌프 켈터보른(Rudolf Kelterborn, 1931~): 스위스의 작곡가.

57 자크 빌트베르거(Jacques Wildberger, 1922~2006): 스위스의 작곡가.

58 피에르 블레즈(Pierre Boulez, 1925~): 프랑스의 작곡가이자 지휘자.

59 하인츠 홀리거(Heinz Holliger, 1939~): 스위스의 오보에 연주자, 작곡가 및 지휘자이다.

60 볼프강 리임(Wolfgang Rihm, 1952~): 독일의 작곡가.

■ 옮긴이의 말

어머니의 열정 앞에 바치는 레퀴엠

　자신의 어머니가 평생 다른 남자에 대한 지독한 사랑을 간직하고 불행하게 살았던 것을 회상하는 아들의 심정은 어떠할까. 자신의 어머니가 젊은 시절 사랑에 빠졌다가 배반당한 후, 자신을 버린 남자만을 한평생 바라보며 황폐한 영혼으로 살다가 결국엔 여든이 넘은 나이에 그 삶마저 포기하기까지의 과정을 상상하고 재구성하는 아들은 그 어머니에 대해 어떤 마음을 품고 있는 것일까. 그는 과연 어머니의 삶에서 희미한 그림자로 머물 수밖에 없었던 자신의 역할과 화해할 수 있을까.

　『어머니의 연인 *Der Geliebte der Mutter*』(2000)은『아버지의 책 *Das Buch des Vaters*』(2004), 『난쟁이로서의 삶 *Ein Leben als Zwerg*』(2006)과 함께 스위스를 대표하는 현대작가 우르스 비트머

의 자전적 3부작을 이루는 첫번째 작품이다. 따라서 이 작품 내 화자의 기이한 입장에 대한 질문은 작가의 개인적 삶과 그의 심정에 대한 질문으로 자연스럽게 연결된다. 실제로 이 작품이 발간되기도 전부터, 작중의 어머니가 평생 사랑했던 인물인 에트빈의 실제 모델이 영향력 있는 스위스 사업가이자 지휘자인 파울 자허 Paul Sacher라는 사실이 알려지면서 스위스 문화계의 뜨거운 이슈가 되었다. 이 작품이 발표되기 1년 전에 세상을 떠났던 파울 자허는 20세기 현대음악을 발견하고 후원했던 중요한 지휘자로 명성을 얻었던 인물인데, 비트머는 작품 안에서 자신이 그의 아들일지도 모른다는 암시까지 하고 있어서 논란이 더욱 뜨거웠다. 언론에서는 작품 속의 구체적인 내용들이 실제 사실과 일치하는지 일일이 대조 작업을 벌였고, 그 결과 에트빈은 피아노를 연주했지만 파울 자허는 바이올린을 연주했고, 기계공장이 아닌 화학공장의 소유주였다거나, 청년 관현악단의 창립연주회의 날짜가 실제와 다르며, 소설 속의 배경은 취리히를 떠올리게 하지만 실제 사건의 배경은 바젤이었다는 등의 사실들을 밝혀내기도 했다. 이러한 뜨거운 관심에 대해 비트머는 인터뷰를 통해 자신은 평생 소외되고 그늘진 인생을 살았던 자신의 어머니에게 정당한 주인공의 자리를 부여하고 싶어서 이 소설을 썼을 뿐이며, 허구적인 요소 또한 많이 삽입되어 있다고 밝혔다.

작가인 우르스 비트머는 1938년 스위스에서 문학비평가이자 교사, 번역가인 발터 비트머의 아들로 태어났다. 그는 스위스와 프랑스에서 대학을 다녔고 독일의 전후 산문에 대한 논문으로 박사학위를 받았다. 이후 독일의 프랑크푸르트에서 출판사 편집자와 대학강사로 활동했으며, 1968년 소설 『알로이스 Alois』를 출간한 후 작가의 길로 접어들었다. 당시 독일에서는 권위주의적인 사회질서에 저항하고 아버지 세대가 저지른 나치 범죄에 대한 과거 청산을 주장하는 68 학생운동의 영향으로 사회문화 전반에 걸쳐 개혁의 흐름이 거셌다. 프랑크푸르트에서 활동하며 이러한 시대정신을 호흡한 비트머의 작품세계 근저에도 사회에 대한 비판적인 시각이 담겨 있다. 그는 사회에 대한 통찰을 초현실적이고 환상적인 방식으로, 또는 패러디와 유머를 통해 다층적으로 표현해낸다. 예컨대 국내에 소개된 바 있는 그의 대표적 희곡 『정상의 개들 Top Dogs』은 사회풍자극의 형태를 빌어 한때 자본주의 사회의 최전선에서 톱 매니저로 활동하다가 구조조정을 통해 하루아침에 실업자가 된 사람들의 이야기를 통해 '세계화'를 향해 질주하는 현대산업사회에 대해 문제를 제기하고 있다.

『어머니의 연인』은 작가의 내밀한 가족사를 다루고 있다는 점에서 비트머의 작품세계의 전통에서 한 걸음 벗어나 있는 듯이 보이지만, 다른 한편으로는 그의 작품세계를 이해할 수 있는 중요한 단서를 제공하고 있기도 하다. 그의 작품 속에 자주 등장하는 우울하고 그로테스크한 어머니 이미지, 유

년기와 전쟁에 대한 회상 등이 그의 실제 경험에 근거하고 있으며, 교양 있고 엄격하면서도 내면적으로는 분열과 모순을 겪는 전형적인 시민 가정 출신이라는 그의 성장 배경과 제2차 세계대전 등의 시대 상황이 그의 창작의 뿌리를 이루고 있다는 사실이 분명하게 드러난 것이다.

개인사와 세계사의 교차 지점들은 이 작품 안에서 매우 독특하고도 기이한 분위기를 만들어낸다. 어릴 때부터 자신의 내면에 침잠하여 상상의 세계 안에 머무르곤 했던 어머니는 세계사적인 비극의 현장을 바로 곁에서 목격하면서도 아무것도 눈치 채지 못한다. 유대인들이 추방당하고 죽임을 당하는 사건들이 그녀에게는 아무런 인과관계 없는 우연적인 사건들일 뿐이며, 그녀는 그것이 왜 심각한 일인지도 깨닫지 못한다. 그래서 시대의 비극은 마치 일상사인 듯이 무심하게 서술된다. 그녀의 무지와 천진함은 전쟁과 학살의 비극성을 더욱 고조시키기조차 한다. 실연의 상처와 고통을 극복하지 못한 어머니가 정신병원에서 전기쇼크 치료를 받고는 내면이 불타버린 껍데기만 남은 인물로 귀가하여 미친 듯이 정원을 개간하는 동안, 그와 병행하여 히틀러의 전쟁 발발 및 침공 행위가 오버랩되어 언급되고 있는 장면에서는 그 긴장감이 최고조에 달하게 된다. 그녀의 정원은 세계대전의 무대가 되고, 그녀의 갈기갈기 찢긴 삶은 곧 유럽 현대사의 알레고리인 듯한 느낌마저 든다. 당시 유행했던 자동차 모델들, 현대 음악가와 미술가, 작가 등 시대적 아이콘들은 생생한 배경의 역할을 맡고 있다.

그러나 『어머니의 연인』은 무엇보다도 한 개인의 사랑이야기이다. 이 작품의 화자 혹은 작가 자신에게 이것은 "정열에 관한, 고집스러운 정열에 관한 이야기. 그 앞에 바치는 레퀴엠. 힘겹게 살아갔던 어느 인생 앞에 바치는 절"이다. 아들은 응답 없는 사랑에 미쳐 침실에 '에트빈 제단'을 마련해두고 경건하게 그의 집을 향해 기도하는 제사장과도 같았던 어머니를 회상하며, 말라비틀어진 삶 속에서 정신적으로 모든 종류의 죽음을 섭렵하고는 아들도 함께 데리고 죽는 것이 마땅하다고 중얼거리는 지독한 어머니의 초상을 펼쳐놓는다. 그리고 그 앞에 절을 올린다.

아들은 어머니의 어린 시절부터 죽음까지의 시간뿐만 아니라, 그녀의 아버지의 삶, 그 조상들의 삶까지 거슬러 올라가며 어머니의 삶의 뿌리를 찾아 살피고, 무엇이 어릴 때부터 그녀 안에 이미 비극적인 성향과 죽음에 대한 동경을 심어놓았는지를 탐구한다. 그의 시선은 어머니의 영원한 사랑의 대상이었던 에트빈의 삶 앞에서도 세심하고 꼼꼼하며, 냉정을 유지한다. 그의 시선을 통하여 재구성된 어머니의 삶, 이 여자의 바보 같은 사랑과 무지막지한 정열은 읽는 이의 가슴을 먹먹하게 만든다. 어린 시절부터 사랑과 관심에 굶주려 했던 그녀, 아버지로부터 애인 에트빈으로 이어지는 억압의 고리 속에서 반향 없는 사랑에 자신의 모든 것을 바쳤던 그녀가 에트빈의 옆자리에 앉은 여자가 자신이기를 몰래 갈

망할 때, 훗날 늙어서는 아무의 눈에도 띄지 않도록 아주 평범해지기 위하여 노력할 때, 지독하도록 오래 살아남아 결국은 "더 이상 못 견디겠다"는 유언과 함께 자신의 목숨을 끊어버릴 때, 살아 있어도 죽은 것이나 마찬가지였던 이 불쌍한 여인의 일생은 여러 가지 이유로 삶의 희생자가 되어 어둡고 외로운 그늘 속으로 밀려나야 했던 이들의 공감과 동정을 불러일으킨다.

아들 역시 이 소설을 통해 어머니와의 화해를 시도하고 있는 듯하다. 그는 운명에 떠밀리면서도 자신의 사랑에 미련할 정도로 철저했던 어머니를 주인공의 자리에 세우고, 그녀의 용기와 그녀만의 세계를 인정한다. 그리고 현실과 환상, 삶과 죽음의 경계를 오가던 그녀를 삶에 머물게 했던 아주 가느다란 끈, 그녀의 다리에 달라붙은 채 떨어질 줄 몰랐던 그녀의 아들, 바로 자기 자신과도 화해한다.